스타피니티

우주를 넘어 떠나는 여행

Translated to Korean from the English version of Starfinity

Kartik Batra

Ukiyoto Publishing

모든 글로벌 퍼블리싱 권리는 다음 회사가 보유합니다.

Ukiyoto Publishing

2024 년 발행

콘텐츠 저작권 © Kartik Batra

ISBN 9789364949279

이 출판물의 어떤 부분도 발행인의 사전 허가 없이 전자적, 기계적, 복사, 녹음 또는 기타 어떠한 형태로든 검색 시스템에 복제, 전송 또는 저장할 수 없습니다.

저자의 저작인격권이 주장되었습니다.

이것은 허구의 작품입니다. 이름, 등장인물, 사업체, 장소, 사건, 지역 및 사건은 저자의 상상력의 산물이거나 허구의 방식으로 사용됩니다. 살아 있거나 죽은 실제 사람이나 실제 사건과의 유사성은 순전히 우연의 일치입니다.

이 책은 출판사의 사전 동의 없이 출판된 것 이외의 어떠한 형태의 구속력이나 표지로도 거래 또는 기타 방법으로 대여, 재판매, 대여 또는 유통되지 않는다는 조건에 따라 판매됩니다.

www.ukiyoto.com

목차

챕터 1	1
챕터 2	18
챕터 3	70
챕터 4	116
챕터 5	148
챕터 6	184
챕터 7	208
챕터 8	229
챕터 9	247
챕터 10	260
후기	282

카르틱 바트라

챕터 1

깨어났을 때는 모든 것이 정상이었다. 나는 눈을 깜빡였고, 내가 어디에 있는지 알아볼 수 없었다. 마치 내 방이 기술로 가득 찬 것 같았습니다. 홀로그램 TV 화면과 로봇이 내 방을 청소하는 것을 보았습니다. 그런 다음 눈을 씻었고 모든 것이 정상이었습니다. 나는 그것을 꿈이라고 생각하고 다시 잠을 잤다. 그런 다음 2시간 후에 깨어 났습니다. 오전 11:00 이었고 실제로는 꽤 늦었습니다. 그때 나는 내가 첫 번째 강의를 놓쳤다는 것을 기억했다. 나는 침대에서 일어나 준비를 하고 나갔다. 네, 10분 만에 준비했습니다. 떠난 후에는 모든 것이 정상이었습니다. 대학에 진학한 후 도서관에 책을 읽으러 갔는데, 강의가 20분 후에 끝났습니다. 나는 내가 흥미를 느끼는 책을 찾고 있었다. 그러다 책장 뒤편에 낡은 책 한 권이 놓여 있는 것을 발견했다. 그 이름은 화성의 첫 번째 비행이었습니다. 1년인 2027년에 열릴 예정인 행사에 대한 책이었습니다. 첫 번째 화성 탐사에서 6명의 우주비행사 그룹은 8개월의 비행 시간을 가지고 화성에 갔습니다. Yosi (Space Agency)는 거기에 도착하는 데 사용될 우주선을 공개하지 않았지만 기다릴 수 있습니다. 책을 읽으면서 20분이 지나고 수업 시간이라는 것을 깨달았습니다. 그 책을 발행하고 싶었지만 아무도 없었기 때문에 아무도 가져갈 수 없도록 안전한 곳에 두었습니다. 수업을 들으러 가서 거기 앉아서 미술사에 대한 강의를 들었는데, 저는 좀 괴짜였고 판타지 같은 걸 그리는 걸 좋아해요. 나는 성간 같은 것에 관심이 있지만 수학과 과학에서는 배울 수 없습니다. 그들은 나에게 도달 할 수 없기 때문에 예술입니다. 그렇게 대학에서의 하루는 끝났다. 거기에는 이야기 할 사람도 없었지만 돌아가 봅시다. 다시 가보니 도서관에서 가져가고 싶었던 책을 잊어버렸다는 것을 깨달았습니다. 내일 발행하자고 생각했습니다. 대학 도서관에 가서 그 책을 찾았지만 찾을 수 없었습니다. 나는 그것을 아무도 않는 곳에 숨겨 놓았지만, 그것은 거기에 없었다. 나는 다른 곳을 찾았지만 다시 찾을 수 없었고, 마침내 나는 도서관 사서에게 가서 그 책에 대해 물었고, 그녀는 컴퓨터에서 그 이름의 책을 찾았고, 그녀가 말한 것은 나를 놀라게 했다, 그녀는 여기에 그 이름을 가진 책이 없다고 말했다. 어제 그 책을 읽었는데 이제 그 책이 도서관 기록에 없다는 소식을 듣고 있다는 것이 이상했습니다. 그러다가 다시 돌아가기로 결심했는데, 갑자기 그 책이 예전과 같은 장소에서 발견되었습니다. 그 책을 가지러 그곳에 갔어요.— 갑자기 모든 것이 멈춘 것 같았어요. 시간이 멈추고, 시계가 작동을 멈추고, 사람들이 움직이지 않고, 누군가 책을 던졌지만, 책은 공중에 떠 있었고, 아니, 떠 있지도 않았고, 여전히 움직이지 않았습니다. 알람 소리가 들려 침대에 누웠다. 나는 아침 7 시에 침대에서 일어났다. 엄마는 "일어나라, 그렇지 않으면 학교에 늦을 거야"라고 말씀하셨다. 학교???? 학교에 다녔기 때문에 모든 것이 꿈이었지만, 현실에서 꿈이 일어나는 것 같을 수 있겠습니까? 나는 날짜를 확인했다. 2021 년 3 월 5 일이었습니다. 그러니까 모든 게 꿈이었어, 뭐야?

늦은 시간이었기 때문에 별 생각 없이 바로 학교에 갔습니다. 나는 학교를 전혀 좋아하지 않았지만 오늘은 특별한 날이었다. 오늘 행사는 제 취향이었어요. 오늘은 로봇 공학과 우주 탐사의 날입니다. 우리 학교는 정말 나빴다. 그들은 공부나 운동에 집중하지 않았고 항상 시험을 치렀습니다. 저도 그런 것에는 관심이 없었어요. 언젠가 우리 학교에서 절대 놓칠 수 없는 것이 하나 있었습니다. 바야흐로 로봇 공학과 우주 탐사의 시대였다. 학교에 다녔는데, 처음 네 교시는 역사와 같은 지루한 과목이었어요. 드디어 지루한 과목을 마치고 점심시간이 되었고, 오늘은 학교에 늦었기 때문에 점심을 먹으러 식당에 갔다. 점심도 잊어버렸지만 매점에 가야 할 이유가 하나 더 있었으니, 바로 이 여자, 캐시에게 반했기 때문이다. 그래서 나는 그녀가 먹는 것을 보러 거기에 갔다 (나는 내가 소름 끼치는 것처럼 들린다는 것을 안다). 나는 그녀와 이야기 할 수 없다왜냐하면 그것은 나에게 세상에서 가장 어려운 일이기 때문이다. 그래서 점심을 사서 먹은 후, 나는 또 다른 나쁜 소식을 듣기 위해 교실로 돌아갔는데, 첫 번째는 그녀가 식당에 나타나지 않았다는 것이었고, 그녀는 매일 식당에 오곤 했고, 두 번째는 우리에게 그 모든 괴상한 것들을 가르쳤던 선생님이 실종되어 우리 수업이 취소되었다는 것이었다. 그래서 우리는 이제 점심 식사 후에 더 지루한 시간을 갖습니다. 그날은 나에게 끔찍한 날이었다. 집에 돌아와 일상적인 일을 하고 잠자리에 들었지만 한 가지 생각이 들었습니다. 어떻게? 그는 휴가 중입니까? 그는 돌아올 것인가? 나는 이해하지 못했지만 실제로 무슨 일이 일어났는지 보는 것은 이상했다. 나는 그날 밤새도록 그 일에 대해 생각했다. 지금 새벽 5시인데 졸음이 쏟아져서 불을 끄고 잠을 잤다. 나는 다시 오전 7시에 일어났고 늦었다. 나는 학교를 좋아하지 않았지만 오늘은 특별한 날이었다. 오늘은 로봇 공학과 우주 탐사의 날이었습니다. 4교시가 끝나고 점심을 먹으러 구내식당에 갔다. "잠깐만요, 이게 바로 어제 저에게 일어난 일 아니에요?" 선생님이 실종되고, 짝사랑하던 사람이 식당에 나타나지 않고, 나는 집에 가서 잠자리에 들었다. 이번에는 오늘이 어제 일어난 일이 아닌가, 아니면 내가 상상하는 것일까 생각하기 시작했다. 그래서 오늘은 잠을 못 잤어요. 다시 새벽 5시였고 다시 오전 7시에 일어나 학교에 가서 날짜를 확인했는데 2021년 3월 5일이었습니다. 무슨 일이 일어나고 있었습니까? 왜 나의 하루는 반복되는 것일까, 아니면 우리의 시간이 반복될 수 있는 것일까?

최악의 날이 계속해서 반복되고 있었다. 나는 무엇을 해야할지 몰랐다.

다음날 일어나서 날짜와 시간을 확인했는데 역시 이전 이틀과 같았습니다. 오늘도 학교가 있었지만 생각에 너무 몰두한 나머지 엄마가 소리치며 준비하라고 말할 때까지 잊어버렸다. 준비를 하고 학교에 갔는데, 똑같은 일이 또 일어났습니다.

집에 돌아왔을 때, 나는 이 세상이 정말 사실인가 생각했다. 어떻게 이런 일이 가능할까요? 타임 루프? 하지만 영화에서만 어떻게 보여지나요? 나는 긴장했고 무엇을 해야 할지 몰랐고 무서워졌고 그래서 나에게 그런 일이 일어나고 있습니다. 밤이 되자 너무 많은 생각을 한 탓에 심장이 매우 빨리 뛰었습니다. 이번에는 빨리 잠을 자려고 했는데, 아마도 이 타임 루프에서 벗어나는 데 도움이 될 것입니다.

다음날 일어나서 아무것도 확인하지 않았고, 시간도 날짜도 확인하지 않고 학교에 갔다.

루프 4일째 되는 날 학교에서 돌아온 후, 저는 상황을 바꾸려고 노력했습니다. 나는 평소에 하던 일을 하지 않았다. 먼저 엄마에게 무슨 일이 일어나고 있는지 말씀드렸더니 엄마는 웃으시면서 엄마가 너무 많이 생각하고 있다고 말씀하셨습니다. 이런 일은 영화에서나 일어날 수 있습니다. 그리고 이제 제가 할 수 있는 일이 없었기 때문에 친구가 타임 루프 같은 것에 대해 연구한다는 것을 기억하고 있었기 때문에 평생 동안 유일한 친구인 친구에게 연락했습니다. 그와 저는 7년 넘게 친구로 지내고 있습니다. 우리는 괴상한 것들에 대해 이야기했기 때문에 그에게 실제로 나에게 무슨 일이 일어나고 있는지 물어보거나 말하는 것이 가장 좋았습니다. 이전에는 바쁘다는 이유로 연락하지 않았습니다. 그의 일을 방해하고 싶지 않았지만, 이제는 그에게 말해야 한다. 연락했는데 전화가 연결되지 않았습니다.

몇 번이고 시도했지만 통화가 연결되지 않았고 이제 할 수 있는 일이 없어서 침대에 가서 잤습니다.

잠에서 깨어났을 때, 나는 그 광경을 보고 깜짝 놀랐다. 나는 침대에 떠 있는 침대에서 잠을 자고 있었고, 내 방의 창문 밖에는 거대한 건물과 자동차가 날아다니고 있었다. 로켓과 우주선이 오르내리는 것을 볼 수 있었습니다. 마치 우주에 관한 영화를 보다가 핸드폰을 확인했는데 핸드폰이 없었다. 침대 주위로 손을 움직였더니 손에는 휴대폰이라는 화면이 있었다. 때는 2070 년. 일어난 일은 매우 이상했습니다. 갑자기 어지러움을 느꼈고, 침대에 털썩 주저앉았습니다.

깨어났을 때 모든 것이 정상이었고 이제는 꿈이었다고 말할 수 없습니다 이전에 일어난 일이고 이제 처음에는 2027 년이었고 직접 2070 년이었던 것 같고 깨어난 후 다시 2021 년에도 평소와 같은 날이지만 이것 때문에 제가 있던 주기가 끊어진 것 같고 지금은 평소와 같이 정상적인 날이고 이상한 일이 일어나지 않습니다. 이제 「내일은 오늘과 같을까」라고 생각하지 않고 지루한 생활을 계속할 수 있다는 것에 안심했습니다.

하지만 나는 "모든 것"을 가진 사람이기 때문에 이 점을 간과할 수 없었고, 그날 이후로 캐시와 로봇 선생님은 학교에 오지 않았다. 또한 스콧(내 친구)은 전화를 받지 않았습니다. 얼마 후 그의 전화기도 꺼졌다. 걱정이 되어 그의 부모님께 전화를 걸어 보셨지만, 부모님은 전화를 받으셨고, 첫 번째 질문은 "누구세요?"였습니다. 나는 깜짝 놀랐다. 방금 무슨 일이 일어났나요? 나는 상황을 설명했고, 그들로부터 매우 이상한 대답을 받았다. 그들은 "우리에겐 아들이 없어요, 스콧"이라고 말했습니다.

매우 충격적이었습니다. 나는 그들에게 설명해 주려고 했지만, 그들은 듣지 않았다. 그들은 또한 내가 계속 그들을 쫓아간다면 경찰을 부르겠다고 경고했다. 그래서 전화를 끊었고 이제 내가 할 수 있는 일은 아무것도 없습니다. 이 세상에서 실제로 무슨 일이 일어나고 있는지, 사람들이 실종되고 있는지, 부모가 자신의 아이를 알아보지 못하는 것, 그것은 매우 이상합니다.

엄마한테 얘기했더니 친구가 있는 것 같다고 하던데? (정서적 손상)

그래 나는 말했다

친구는 한 명뿐이었고 엄마도 그 아이를 잘 알고 있었는데 지금은 아무도 모르는 것처럼 행동하고 있다. 어떻게 다들 스콧을 잊은 걸까, 아니면 나는 친구가 생겼다는 환각을 하고 있는 걸까? 너무 떨려서 아무것도 할 수 없었어요.

팅....

학교에서 겨울 때문에 열흘 동안 휴교한다는 메시지를 받았는데 지금은 3월이고 지금쯤이면 겨울이 끝나야 하는데 강한 한파가 불고 있고,

기온이 섭씨 10 도 이하로 내려가지 않는 곳에 살고 있는데 지금 이곳을 향해 폭설이 오고 있다는 뉴스가 나오고 있고 이제 기온이 올라갈 것이라는 예보가 있었습니다 0 도 이하. 모든 것이 너무 이상합니다. 학교가 취소되면서 시간을 보내기 위해 할 수 있는 일이 없었습니다. 내 친구(스콧)나 친구가 있다고 생각했던 것이 지금은 사라졌거나, 아니면 한 번도 존재하지 않았다고 말해야 할까, 그래서 나는 꿈에 대해 더 알기 위해 근처 서점에서 찾은 인터넷과 책을 찾아보았다. 진짜일 수 없다고요? 그래서 먼저, 꿈과 꿈의 의미에 대해 아주 자세하게 설명되어 있는 책들을 읽었는데, 그게 아니에요. 8 일 동안 약 20 권의 책을 읽었지만 여전히 확신이 서지 않는 것이 있었습니다. 뭔가 잘못되었다. 나는 그것이 무엇인지 찾아야한다. 그래서 학교에 갈 시간이 이틀 남았습니다. 나는 인터넷을 걸어 보았다. 꿈에 대해 검색하고 있었는데, 어쩌면 현실에서는 존재하지 않는 사람들이 일어날 수 없는 일들이 꿈 속에 있는 것이 아닐까 싶다. 누군가는 나에게 스콧이라는 아들이 없다고 말할 수 없습니다. 지난 5 년 동안 그와 함께 보냈는데 어떻게 이런 일이 일어날 수 있습니까?

나는 인터넷에서 검색했다. 인터넷은 9 일째까지 잘 작동했지만 갑자기 멈췄습니다. 이전에 Wi-Fi 세그먼트에서 발생했던 것처럼 정상적인 인터넷 중단이라고 생각했습니다. 휴대전화에서 인터넷으로 전환했지만 SIM 카드의 인터넷이 작동하지 않았습니다. 이것은 이상했고, 날씨가 나빠 보였고, 곧 비가 올 것 같거나 눈이 올 것 같았습니다. 인터넷 서비스 제공 업체에 연락을 시도했지만 Scott 과 같은 것처럼 통화가 연결되지 않았습니다. 뿐만 아니라 누구에게도 전화를 걸 수 없었습니다. 통화에서 이상한 소리가 들렸다.

이제 나는 그저 앉아서 기다릴 수밖에 없다. 나는 이것을 기다리고 있었다 ...

다시 학교로부터 온 메시지였는데, 극단적인 기상 상황 때문에 열흘 더 취소되었다는 것이었다. 그럼 이제 어떻게 해야 할까요? 나는 스스로에게 묻는다. 전기가 끊겼다. 내 방이 너무 어두워서 엄마에게 전화하려고 했습니다.

"엄마."

"엄마."

"엄마."

"엄마."

그러나 그녀로부터는 아무런 대답이 없었다. 이상해서 그녀를 확인하러 갔지만 그곳은 매우 어둡기 때문에 빛이 필요했습니다. 전화기를 켜려고 했는데 전화기가 작동하지 않았습니다. 검은 화면이 켜지지 않는 것뿐이었습니다. 내 전화가 90 % 충전되었다는 것을 정확하게 기억했습니다. 어떻게 그렇게 빨리 배수될 수 있습니까? 여러 가지 방법을 시도했지만 작동하지 않았습니다. 나는 전화기를 거기에 두고 아래층으로 내려가 그녀를 확인했다. 너무 어두워서 제대로 걸을 수 없었습니다. 나는 계단에서 떨어질 뻔했다. 그러나 나는 조심스럽게 앞으로 나아갔다. 나는 앞으로 나아가면서 계속해서 엄마를 불렀지만 엄마는 대답하지 않았다.

창밖을 내다보니 밖이 너무 어두워서 다른 집들도 보이지 않았고 모든 것이 새까맣게 칠해져 있었습니다. 점점 무서워져서 집안 구석구석을 샅샅이 뒤져도 엄마를 찾을 수 없었어요. 너무 걱정이 되어서 방으로 가려고 했는데 계단에서 떨어져 거기서 추락하고 말았습니다.

"이봐, 일어나."

그 목소리는 제 어머니의 목소리입니다. 잠에서 깨어났는데 날씨가 너무 더웠다. 너무 햇볕이 잘 들어서 거의 55도에 달했습니다. 잠에서 깨어나 엄마에게 어제 무슨 일이 있었는지 여쭈어 보았다. 나는 어떻게 침대에 누워 있는가? 그녀는 어제 어디로 갔을까?

엄마는 그 모든 것에 대해 단 하나의 대답을 해주셨다 - 아무 일도 일어나지 않았고, 나는 그저 내 방에서 자고 있었다.

이상하다. 이 모든 것이 꿈이었을까? 나는 내가 Dreams in Dreams 를 보고 있는지 스스로에게 물었다. 그건 추운 날씨도 꿈이었다는 뜻이다. 내 전화도 작동하고 있었기 때문에 그 모든 것이 꿈이라면 지금 친구에게 전화를 걸 수 있을 것입니다.

전화를 걸었지만 여전히 연결이 되지 않았습니다. 그의 부모님께 연락을 드렸더니, 경찰을 부르겠다고 하셨어요. 나는 미안하다고 말하고 전화를 끊었다. 하지만 그 모든 것이 꿈이었다면. 이런 일이 일어나서는 안 됩니다.

무슨 일이 일어나고 있는지, 어떻게, 왜 일어나고 있는지 몰랐습니다. 답변이 필요한 질문이 너무 많았습니다. 그런데 갑자기 엄마가 오셔서 물을 가져다주셨어요. 그녀는 안으로 들어와 똑바로 섰다. 그녀는 전혀 움직이지 않았다. 갑자기 주위가 검게 변하더니 엄마의 모습이 일그러지더니 점점 희미해졌다. 이 모든 일이 내 눈앞에서 일어났다. 눈을 감았는데, 침대가 지진이 온 것처럼 흔들리고 있었다. 그러다 갑자기 분위기가 변하는 것 같았고, 검게 변했던 내 방이 다시 색을 띠었지만 더 이상 내 방처럼 보이지 않는 것 같았다.

흔들림이 멈췄고, 나를 둘러싼 암흑도 사라졌다.

챕터 2

나는 문도 창문도 없는, 마치 상자처럼 있는 곳에 있었다. 나는 거기서 걸어 나오려고 노력했다. 저는 보통 문이나 물건이 없는 곳에 갇혀 있는 쇼를 봅니다. 일반적으로 우리가 거기에서 어떻게 벗어날 수 있는지에 대한 버튼이나 단서가 있습니다. 일단 벽에 가까이 다가가면 실제로 통과할 수 있었기 때문에 그렇게 했습니다. 그저 공허함, 그것이 내가 벽 반대편에서 발견한 것이다. 갑자기 많은 입자와 사람들이 내 앞에 나타났다. 나는 그 광경을 보고 충격을 받았습니다. 실종된 사람들은? 그들은 내 눈앞에 떠 있었다. 나는 거기서 스콧을 보았다.

나는 그를 깨웠다.

"이봐, 이봐, 이봐, 일어나."

"아. 이든, 너도?" 라고 말했다.

"무슨 일이야? 어디 계셨어요?" 라고 물었다.

"사실은요."

"설명해 드릴게요."

위에서 목소리가 들리더니 입자들이 내 앞에 나타나기 시작했다. 한 남자가 서 있었다. 그는 군인처럼 보였다. 그는 "TripleZ Arcs 에 오신 것을 환영합니다"라고 말했습니다.

"안녕하세요, 저는 케이타입니다. 이것은 우리가 인간이 아니며 이 세상이 비현실적이라고 믿는 비밀 사회입니다. 우리는 또한 우리의 신체 구조와 다른 모든 것이 기계처럼 작동하기 때문에 고급 로봇 사회의 한 종입니다. 우리는 이 세상에서 일하기 위해 연료가 필요합니다. 지구는 그저 인공 행성일 뿐이다. 그것은 우리가 특정 단계를 거치고 작업이 완료된 후 죽는 시뮬레이션일 뿐이었습니다. 우리가 죽은 후 우리가 어디로 갔는지 아무도 몰랐습니다. 답할 수 없는 질문이 너무 많습니다.

이제 저, 스콧, 캐시, 그리고 선생님 그룹 이렇게 네 명이 모두 모였으니 이제 임무를 시작할 수 있습니다."

"무슨 임무? 도대체 무슨 말을 하는 거야?" 제가 말했어요.

"사실, 우리 네 명은 세상의 진실을 알아야 하는 임무를 맡고 있습니다." 스콧이 말했다.

"정확히 어떻게 그리고 왜 우리 넷이었을까? 나는 혼자 "일어나!"라고 소리쳤고, 그것이 다시 꿈이라고 생각했다."

"꿈 부분은, 나중에 설명해 줄 거야."

"아, 알았어."

"자, 질문부터 시작하겠습니다. 왜 네 명이세요?"

그는 너희 넷이 공통점이 있고 다른 사람이 가지고 있지 않은 특별한 마법 능력을 가지고 있다고 말했다. 너희 네 명은 믿는 자들이다 (그는 악랄한 어조로 웃기 시작했다).

너희들은 세상을 있는 그대로 않는다. 너희들은 항상 이 세상에 대해 질문하고 있다. 당신은 모르지만 이것은 대부분의 사람들에게 부족한 능력입니다. 그들은 인생에 대해 많이 생각하지 않고 있는 그대로 살아갑니다. 그래서 나는 처음으로 여러분이 원래 세계에서 무언가 잘못된 곳을 발견했을 때 어떻게 반응할 것인지에 대해 시험해 보았습니다. 당신이 속해 있던 꿈들은 당신이 그 꿈에 적응할 수 있는지를 보기 위한 시험이었습니다.

하지만 내가 너희를 이곳에 부른 것은 단지 그 목적 때문이 아니다. 인류 전체를 쓸어버릴 거대한 위험이 도사리고 있으며, 인터넷이 작동하지 않고 날씨가 때로는 여름, 때로는 겨울로 끊임없이 변한다는 것을 눈치챘을 것입니다. 이것은 달이 우리 행성에서 더 멀어지고 있기 때문에 일어나고 있습니다. 당시에는 이 과정의 속도가 매우 느렸습니다. 우리는 10 억 년이나 20 억 년이 걸릴 줄 알았는데, 갑자기 속도가 빨라지더니 이제는 7년밖에 안 걸리고, 그렇게 되면 중력이 사라지고 지구에서 생존할 수 없게 됩니다.

"하지만 그건 꿈이었어요." 내가 말했다.

"그건 꿈이었어, 맞아, 하지만 그 꿈들은 현실이었어."

"뭐라고?"

"그 꿈들은 우리가 당신에게 보여준 것이고, 우리가 당신에게 미래를 보게 했다고 말할 수 있습니다. 우리는 당신에게 극한의 겨울과 여름에 대한 두 가지 꿈을 보여줬는데, 그것은 실제로 6개월 안에 일어날 것이기 때문이며, 우리 소식통에 따르면 당신의 과학은 아직 새로운 행성 탐색을 위한 준비가 되지 않았지만 우리는 무언가를 가지고 있습니다."

"2일 후에 이 장소로 오세요." 그가 말했다.

나는 다시 어지러움을 느꼈고, 모든 것이 다시 어두워지고 있었다!

알람이 들렸다. Trr, Trr, Trr 입니다.

나는 방에서 일어나 다시 그 꿈을 기다렸다. 꿈이었다. 무엇? 이번엔 또 뭐야? 그게 정말 꿈이었을까, 무슨 일이 일어나고 있는 걸까?

나는 모든 것에 대해 너무 혼란스러웠지만 주소를 명확하게 기억했습니다.

스콧에게 전화를 걸었지만 이번에는 전화를 받았습니다. 나는 그에게 어제의 꿈이나 현실에 대해 물었다. 그는 "농담하는 거야, 형? 그게 무슨 소리죠? 우리는 7년 안에 죽지 않을 것입니다."

그것은 매우 이상했고, 나는 무슨 일이 일어나고 있는지 몰랐다. 그래서 이제 나는 모든 것을 무시하고 내 삶은 정상적으로 흘러가기 시작했습니다. 더 이상 이상한 것은 없었다. 첫날은 순조롭게 지나갔지만, 누군가 나를 별의 동굴로 부르는 소리가 들렸다. 나는 그것을 무시했고, 둘째 날도 순조롭게 지나갔다.

그렇게 일주일이 지나갔고, 지루한 생활이 계속되었습니다. 모든 것이 정상이었다.

나는 모든 것이 꿈이었거나 내가 생각했던 대로였기 때문에 위치조차 잊어버렸다.

이상한 일이 일어났다. 저는 학교 식당에 있었는데 캐시가 제게 와서 꿈에 대해 이야기하기 시작했습니다. 그게 진짜였을까? 그녀는 말했다.

"이봐!"

"헉헉,"

나는 그녀에게 인사를 건넸고, 그녀는 웃기 시작했다. 그녀는 매우 귀엽고 아름다워 보였다. 물론, 나는 그녀를 좋아했다.

"이 위치로 와야 합니다."

그녀는 나에게 종이를 건네주고 친구들과 함께 갔다. 그 쪽지에는 내가 잊어버린 바로 그 위치가 있었다.

나는 방과 후에 거기에 갔다. 길은 어두웠고, 나는 계단을 올라가야 했다. 동굴에서 박쥐 몇 마리가 나왔는데, 무서워졌어요. 그때 동굴 끝에서 한 줄기 빛이 보였다. 나는 거기에 가서 계단을 찾았고 계단을 내려 갔다. 거기서 모든 사람들이 나를 기다리고 있는 것을 볼 수 있었다.

"이봐, 내가 무슨 말을 하는지 모른다고 했잖아?" 스콧이 물었다.

"아뇨, 우리가 꿈에서 만난 이후로 저를 부르지 않으셨어요."

"뭐라고??"

"닥쳐."

그 군인은 큰 소리로 말했다.

우리는 모두 대화를 멈췄고 그는 우리가 일주일을 낭비했다고 말했습니다. 더 이상 시간을 낭비할 수 없습니다.

이제 나는 그 꿈이 꿈이 아니라는 것을 확신하게 되었다. 그것은 진짜였다.

그는 이제 당신이 해야 할 일을 소개하겠다고 말했습니다. 먼저 그는 우리에게 아주 낡아 보이는 우주선을 보여 주었고, 사방에 녹이 슬어 있었습니다.

"지금은 2021 년입니다. 이 우주선은 너희 세상이 아직 가지고 있지 않은 비밀이야."

"뭐?? 그럼 어떻게?"

그는 그들이 미래에서 왔고 위험으로부터 우리를 보호하기를 원했기 때문에 미래에서 현재로 왔다고 말했습니다.

그가 우리에게 이것에 대해 설명할 때, 나는 그에게 인류가 7 년 후에 끝날 것이기 때문에 미래에 무슨 일이 일어났는지 물어볼까 생각했지만 그에게 물어볼 용기가 없었습니다.

그는 우리에게 희망이 있고, 50,000 광년 떨어진 곳에서 별을 발견했으며, 우리는 우주의 끝이나

카르틱 바트라

인간이 생존할 수 있는 곳이라고 하는 그곳에 도달해야 한다고 말했습니다. 아무도 그 별에 대해 알지 못하며, 과학자들은 요즘 그 별을 볼 수도 없습니다. 허름한 우주선을 타고 어떻게 갈 수 있을까, 목적지에 도착할 수 있을까, 연료는 어떨까 생각했습니다.

그는 당신이 냉동 수면을 할 것이기 때문에 죽지 않을 것이며 당신의 몸을 상쾌하게 해야 할 때만 깨어날 것이며 배는 유지 보수가 필요하며 우리 배의 속도라면 50,000 년이 걸리지 않을 것이라고 말했습니다. 거기에 도달하는 데 5 년밖에 걸리지 않을 것이며, 거기에 도달하면 모든 것을 이해하고 거기에서 모든 것을 고칠 것입니다. 그는 임무를 수행하기 전에 우리가 광활한 우주에 가기에 적합하지 않기 때문에 훈련을 받을 것이라고 말했습니다. 발사 중에 순식간에 죽을 수 있습니다. 그래서 우리는 훈련 세션이 오늘부터 시작될 것이라고 들었습니다. 당신은 두 달 동안 또는 우리가 당신의 몸이 우주 대기에 적합하다는 것을 확신할 때까지 매일 이곳에 와야 합니다. 학교는 두 달 동안 취소됩니다.

"어떻게?" 캐시가 물었다.

"학교에 연락해서 해보겠다. 그런 걱정은 안 하셔도 됩니다."

"네, 죄송합니다." 그녀가 말했다.

"그래서 우리는 오늘부터 시작합니다. 15 분 후에 여기서 만나요. 기각되었습니다."

우리는 해고되었고, 나는 우주에 갈 생각에 들떠 있었지만, 훈련하는 부분은 고통스러울 수 있다. 우리는 우주에서 생존하기 위해 그것이 필요합니다.

나는 스콧에게 가서 이야기했지만 그는 나를 무시했다. 왜 나를 무시하는지 이상하게 느껴졌지만, 그가 말하고 싶지 않다면 나는 그에게 강요하지 않을 것이다. 나는 수업에서 가장 주의를 기울이는 학생이었기 때문에 로봇

카르틱 바트라

공학에 대해 선생님과 이야기하려고 노력했습니다. 이상한 점은 선생님이 저를 알아보지 못하고 무시하기 시작했다는 것입니다. 캐시는 이 모든 시간 동안 그들과 함께 있었고 나는 혼자 남았다.

15분 후, 우리는 모두 그 군인에게 갔고, 그는 우주와 위험한 장소, 우주 지도를 읽는 방법, 공허, 물질, 반물질 및 기타 과학에 대한 강의를 시작했습니다. 아무도 그에게 주의를 기울이지 않았다. 오직 나만이 그의 말에 귀를 기울이고 있었다. 다른 사람들은 학교 다닐 때처럼 말하고 있었다. 선생님은 아무 말도 하지 않고 조용히 앉아 계셨다. 어쩌면 그가 주의를 기울이고 있었는지도 모르지만, 나는 확신할 수 없었다.

수업이 끝나고 우리는 주로 이론과 공간에 존재하는 것들에 대해 배웠습니다. 집에 갔더니 엄마가 리노베이션 때문에 두 달 동안 학교가 취소됐다고 하더라고요. 이제 그 수업에 갈 방법을 찾아야합니다.

다음 날, 저는 엄마에게 학교가 취소됨에 따라 선생님이 로봇 공학 특별 수업을 준비하고 있으며 수업은 두 달 동안 계속될 것이라고 말했습니다. 그런 다음 집을 나와 그 방향으로 갔습니다. 나는 그들 모두가 같은 방향으로 걷는 것을 보았지만, 내가 그들에게 다가가자 그들은 또다시 나를 무시했다. 그래서 이제 내가 할 수 있는 일은 아무것도 없었다. 나는 여전히 그들과 함께 갔고, 우리는 그 군인과 인사를 나눴다. 오늘도 그는 이론적인 부분과 선박 수리의 일부 부분 및 기술적인 부분에 대해 이야기했습니다. 그는 정말로 우리가 그곳에 도달하여 지구를 보호하기를 바라는 것 같았습니다. 어떤 날들은 이렇게 지나갔습니다. 우리는 이론을 배우고 우주에 대한 정보를 얻고 있었습니다. 열흘째 되던 날, 그는 우주에서의 기본적인 생존 본능, 극한의 압력으로부터 자신을 구하는 법, 산소를 보존하는 법, 저중력에서 생존하는 법을 배우게 될 것이라고 말했다. 이제 실습이 시작되었습니다.

물과 화학 물질이있는 큰 수영장이있었습니다. 그는 우리에게 우주복을 주면서 한 명씩 거기에 들어가라고 말했지만 뚜껑은 닫힐 예정이었습니다.

우리에게서 산소를 빼앗은 것은 우주복에 들어 있던 산소만 사용할 수 있습니다. 처음 들어갔을 때 중력이 없고 날아다니는 것 같았고 모든 것이 어두웠습니다. 갑자기 어지러움을 느끼기 시작하더니 그가 나를 끌어냈다. 다른 멤버들에게도 마찬가지였고, 모든 멤버들에게서 같은 반응이 나왔다.

우리는 거의 한 달 동안 매일 이 훈련을 계속하면서 우주 환경에 적응하려고 노력했습니다. 이것으로 한 달이 지났고 이제 우리는 약간의 진전을 보이기 시작했습니다. 어지럼증 문제가 해결되어 이제 쉽게 떠 있을 수 있습니다. 그런 다음 그는 다음 훈련을 시작했습니다. 우리가 그 장소에 도착했을 때, 그는 우리 모두에게 팔굽혀펴기를 하게 했습니다. 우리는 체육복으로 갈아입고 이 운동을 해야 했습니다. 내가 짝사랑했던 소녀 캐시는 그 체육복을 입고 매우 섹시해 보였다. 팔굽혀펴기와 다른 체육관 운동을 한 후. 우리는 밧줄에 묶여 매일 두 시간 동안 공중에 매달려 있었습니다.

그 느낌에 익숙해지기 위해. 이 일이 있은 다음 날은 앞으로 20 일 동안 세 부분으로 나뉘어 결정되었다. 첫 번째는 돌이 박힌 슈트를 입었는데 너무 무거워서 걸어 다녀야 했습니다. 두 번째 부분은 점심 시간이었습니다. 두 번째 부분인 이유는 그 음식이 우리 몸을 건강하게 유지하는 일반 식사가 아닌 우주 음식이었기 때문입니다. 저는 정크 푸드를 많이 먹는 사람이었지만 이 훈련 덕분에 이제는 이 건강한 음식을 먹어야 합니다. 세 번째는 우리가 정말 심하게 다쳤다는 것이다. 이 모든 것은 시뮬레이션이었고, 우리는 그것을 참으라는 지시를 받았습니다. 이 통증의 느낌은 무언가가 우리 몸을 내장한 것 같습니다. 우리는 고통을 견뎌야 하고 소리칠 수도 없습니다. 우리는 맞서 싸울 수 없습니다. 우리는 매일 두 시간 동안 이런 상황에 처해 있었습니다. 일일 훈련을 마친 후, 우리는 집으로 돌아갔습니다.

이제 열흘이 남았고 우리의 훈련은 반나절 동안 바뀌고 있었습니다. 우리는 더울 때와 같은 고온에 놓였고 그 후에는 우주에서 이런 종류의 날씨에 대한 저항력을 만들기 위해 영하의 추운 온도에 놓였습니다. 5일 남았는데 쉬고 발사 당일에 다시 오라고 하셨어요.

반면에 캐시는 훈련을 계속했다. 스콧은 그녀에 대해 물었고 그는 "그녀는 여자이고 당신들이 필요로 하지 않는 5일의 훈련이 더 필요합니다."라고 말했습니다.

우리는 모두 집에 가서 출시 당일에 왔습니다.

우리가 들어섰을 때, 캐시는 이미 그곳에 와 있었다.

스콧은 즉시 그녀 곁으로 갔다.

나는 그들이 이야기하는 것을 들었다.

"이봐, 그 추가 훈련이 너한테 뭐였어?" 라고 물었다.

"음.. 모르다. 우주와는 무관한 이상한 훈련이었던 것 같다"고 말했다

"뭘 위한 거였지?"

"몰라, 이름을 들어본 적도 없어, 그건... 아뇨, 기억이 안 나네요, 어쨌든 가야 해요."

"그래, 가자."

그런 다음 우리는 우주선을 탔습니다. 외부에서는 매우 나빠 보였지만 내부에서는 매우 좋고 편안해 보였습니다.

객실은 내가 원했던 것과 같았습니다. 나는 같은 방을 꿈꿨고 그것은 마치 나를 위해 만들어진 것 같았고, 그가 우리가 원하는 것을 알고 있는지조차 이상했고, 방이 있었고 그 사이에는 우리가 잠을 잘 수 있는 4 개의 냉동 셀이 있었습니다.

중요한 질문은 왜 우리가 목숨을 걸고 가기로 동의했는가 하는 것입니다 - 저에게는 흥미로웠지만, 그는 우리가 동의하지 않으면 모든 곳에서 우리의 존재를 지워버릴 것이고, 우리의 부모님이나 우리가 관련된 어떤 사람도 우리를 인정하지 않을 것이라고 경고했습니다.

우주선에 탑승한 후 우리는 방에 들어갔고 입구에는 우리의 건강 상태와 이름, 나이 및 기타 통계를 보여주는 화면이 있었습니다. 우리 모두는 19 살이었지만 선생님은 29 살이었다. 우리가 침대에 앉아 있을 때 배가 출발했다. 침대는 모든 방이 하나로 합쳐지면서 제어 센터로 바뀌었습니다. 그것은 통제실로 바뀌었습니다. 우리는 시작 버튼을 눌렀고 이제 이륙했습니다.

우리는 그 사람으로부터 우리가 토성 행성을 넘어선 후에 크라이오 상태에 들어가야 한다는 메시지를 받았습니다. 토성에 도달하는 데 1 년이 걸릴 것이며, 그 후에는 속도가 빨라질 것입니다. 그래서 이제 우리에게는 시간이 생겼고, 식품과 다른 생존 용품도 공급받았습니다.

스쿠트는 다른 사람들과 잘 지내고 있었지만 다른 한편으로는 우리 방이 펼쳐진 후 나는 휴대폰을 가지고 있었기 때문에 내가 가장 좋아하는 쇼를 보기 시작했습니다.

다음 날, 우리 모두는 배의 식당에서 만났습니다. 우리는 모두 함께 앉아서 음식을 먹었습니다. 나는 그들과 멀리 떨어진 나만의 공간에 앉아 있었다. 스콧과 캐시는 아주 잘 지내고 있었다. 질투가 많이 났지만 어쩔 수 없었어요. 나는 내가 매우 지루해질 것이라고 계속 생각했고, 그들이 잘 지내고 다음 단계로 나아가면 나는 끝날 것이라고 생각했다. 그것은 매우 스트레스가 많았습니다. 내 심장은 아주, 아주 빨리 뛰고 있었다. 나는 긴장했다. 나는 즉시 음식을 먹고 내 방으로 갔다. 거기서 몇 편의 쇼를 봤는데, 창문 너머로 지구가 점점 사라지는 걸 봤어요. 슬프지만 시원하기도 했다. 내 눈으로 그 공간을 볼 수 있으리라고는 상상도 못 했다. 마치 꿈이 이루어진 것 같았습니다. 정말 좋았어요.

며칠이 지나고 이제 한 달이 지났지만 매일 아무 일도 일어나지 않았습니다. 똑같은 지루한 삶이었다. 얘기할 사람도 없었어요. 다들 사이가 좋았으니까 내가 거기 있다는 걸 잊었는지도 모르겠다. 항상 나와 함께 있을 줄 알았던 스캇조차도 한 달 동안 나에게 말을 걸지 않고 항상 캐시만 따라다녔음에도 불구하고 믿을 수 없다.

인간이 더 나은 사람을 찾았을 때 늙은 사람을 대체한다는 것은 너무 슬픈 일입니다.

나는 자유로웠고 우리가 도착했을 때 무엇이 있을지 몰랐기 때문에 인터넷을 통해 쿵푸와 다른 무술을 배우기 시작했습니다. 나는 혼자서 뭔가를 배우려고 노력했다. 그래서 저는 매일 건강한 음식을 먹으면서 이렇게 했습니다.

한 달이 지났다.

그래도 혼자 있으면서 매일 쿵푸를 배웠지만 무술에 싫증이 났습니다.

이제 나는 이런 헛소리를 더 이상 참을 수 없다. 나는 곧장 스콧의 방으로 가서 그가 왜 변했는지에 대해 이야기했다. 나는 그의 방 밖에 있었다. 스콧과 캐시가 섹스하는 소리가 들렸다. (강렬한)

이제 나에게는 끝났다. 나는 눈물을 흘렸다. 그는 그 모든 것을 알고 있었다. 나는 그녀에게 호감이 있었지만 여전히 그는 나에게 이런 일들을 했고, 이제 나는 그가 더 이상 내 친구가 아니라는 것을 알고 있지만 그는 지난 5년 동안 나를 이용하기만 했고 때가 되자 그는 내 곁을 떠나 내가 두려워하는 일을 했습니다.

우리가 수업료에서 처음 친구가 되었을 때, 거기서 나와 이야기를 나눈 사람은 그 사람뿐이었던 것으로 기억한다.

"이봐, 너 혼자야?" 라고 물었다.

"이봐," 내가 말했다.

"왜 이런 말을 하는 거야?"

"나는 새로운 사람들과 이야기하는 것은 고사하고 만나는 것조차 부끄러워합니다."

"아,"

그런 다음 우리는 대화를 나눴습니다. 그와 대화하는 것은 매우 쉬웠고, 그렇게 우리는 친구가 되었습니다. 이 5 년 동안 우리는 괴짜에 대해 논의했습니다. 나는 그가 괴짜라는 것을 배웠고, 우리가 생각하는 것들이 좋았다. 그와 같은 친구를 사귈 수 있어서 기뻤습니다. 우리는 영화 공상 과학 영화를 보러 갔다가 먹었습니다. 그는 좋은 사람이었습니다. 우리는 또한 우리가 좋아하는 여자들과 좋아하는 영화 유명인과 같은 여자들에 대해 이야기했습니다. 함께 사업을 시작해 보기도 했는데 재밌었어요.

우리 둘 다 재밌게 놀고 있었거나, 내 생각에는 나만 그를 믿고 내내 재미있게 놀았던 것 같다. 그는 처음부터 나를 여행과 다른 것들에

이용하고 있었고 나는 그를 여행과 다른 것들에 데려갈 시설을 가지고 있었고 지금 나는 그것을 깨달았습니다. 그가 몇 주 동안 나에게 말을 걸지 않았기 때문에 나는 3개월 동안 그에게서 약간의 변화를 보았습니다. 처음에 그와 나는 매일 수다를 떨었다.

오늘 그가 한 일은 나빴고, 나는 다시는 아무도 믿지 않을 것이다. 나는 그의 방 밖에 앉아서 울었다. 그는 벌거벗은 채로 방에서 나왔다. 거기에는 그의 수건만이 있었고, 그는 나를 보았다.

그는 미안하다는 말조차 하지 않고 그저 웃기만 했다. 그는 그것을 즐겼고 처음부터 이런 것을 하고 싶었던 것 같습니다.

이제 나는 그 또는 그녀를 만나는 것을 용납할 수 없습니다. 그저 그들이 미워요. 나는 그들을 피할 수 있는 옵션이 없습니다. 매일 내 방에 머무를 수는 있지만 같은 장소에 머무를 수는 없습니다. 내 마음은 나에게 다른 곳으로 가라고

카르틱 바트라

말했다. 첫째, 이야기할 사람이 아무도 없었습니다. 이제 나는 내가 몹시 미워하는 사람들이 있고, 나의 신뢰는 깨졌다. 죽고 싶었다.

저는 곧장 크라이오 룸으로 가서 크라이오 셀을 열었습니다.

"이봐, 나와. 지금 거기에 들어가면 시스템을 엉망으로 만들거나 죽을 수 있습니다." 라고 말했습니다.

"좆까."

크라이오 셀을 켰습니다. 물이 가득 찼을 때, 나는 두 사람이 웃는 소리를 들었다.

아주, 정말 슬펐습니다. 크라이오가 켜지고 모든 것이 텅 비었습니다. 다시 어두워졌다. 거기서 나는 허공 위에 떠 있는 나 자신을 보았다. 사방에 물이 있었다. 나는 벌거벗은 상태였다. 내가 할 수 있는 유일한 선택은 앞으로 나아가는 것이었다. 내가 할 수 있는 일은 아무것도 없었다.

모든 것이 흔들리기 시작했고, 수위가 상승하더니 이제는 나를 뒤덮고 있었다.

나는 잠에서 깨어났다.

나는 낯선 곳에 있는 나 자신을 보았다. 나는 큰 유리 구조의 물건 안에 있었다. 문이 열리고 밖을 내다보니 어두웠다.

나는 내가 어디에 있었는지 기억했다. 냉동 세포에서는 현실 세계에서의 존재를 잊게 되지만 깨어나면 천천히 당신에게 다가올 것입니다. 어지러웠다. 그래서 나는 내 방으로 갔다. 크라이오 상태에서 5분이었지만 1년이 지났습니다. 다른 사람들은 여전히 냉동 셀에 있었습니다. 1년이 지났고 이제 다시 냉동 장치에 들어갈 때가 되었지만, 막 들어가려고 할 때 몇 가지 결함으로 인해 냉동 장치가 더 이상 작동하지 않았습니다. 어찌할 바를 몰라서 지도에서 위치를 확인했는데 그랬습니다.

토성 이후에 우리는 깊은 우주의 방향으로 들어갔는데, 그것은 나쁜 것입니다, 왜냐하면 그 공간은 아무도 또는 어떤 것도 결코 돌아오지 않는 곳이기 때문입니다, 우리는 모두 함께 다른 방향으로 가고 있습니다. 아무도 이것을 눈치채지 못하고 냉동 수면에 들어갔습니다.

그 군인과 이야기를 나누었을 때 이상한 느낌이 들었습니다. 그의 말은 옳지 않았지만 저는 그 말을 무시하고 그가 시키는 대로 했습니다.

나는 다른 사람들을 깨워 무슨 일이 있었는지 말하려고 했지만 냉동고는 특정 년 동안 잠겨 있었고 그 전에는 열 수 없었습니다. 우리는 처음부터 그 빛을 향해 가고 있지 않았고, 우주의 종말은 아직 가능하지 않았으며, 그는 우리를 다른 곳으로 프레이밍하고 있었습니다.

갑자기 우리 배의 속도가 라이트 워프 드라이브로 바뀌고 시간이 빠르게 흐르기 시작했지만 나는 늙지 않았습니다. 빙결 세포에서 시간은 49,900 년에서 10 시간으로 줄었고, 그 후 그 속도가 다시 느려졌습니다.

나는 행성을 보았는데, 어떻게 그렇게 깊은 우주에 행성이 있을 수 있단 말인가?

우리는 정말 깊은 우주에 빠져 있는 걸까요?

잠깐 잠깐 잠깐 아니 우리는 깊은 우주를 지나갔고, 우리는 심지어 많은 은하계를 지나갔고, 지도를 확인한 후 공허라는 한 단어만 적혀 있었습니다.

공허는 은하, 별 또는 그 무엇에도 에너지가 없을 때입니다. 그것은 단지 암흑 물질일 수 있지만, 아무도 그것에 대해 아무것도 모른다. 그런데 어떻게 행성이 있는 걸까요?

이것은 여기에 도달 할 수 있도록 숨겨져 있습니까, 아니면 무엇입니까? 그곳은 첨단 기술을 가진 바위투성이의 행성이었다. 셀 수 없이 많은 인공위성이 있었고, 그곳에는 우주 정거장이 있었는데, 이 우주 정거장은 행성과 연결되어 있었고, 우리는 그저 서서 행성으로 바로 갈 수 있는 엘리베이터처럼 연결되어 있었습니다. 아홉 시간이 지났고, 다른 사람들이 깨어날 시간이 거의 다 되었다. 그런데 우리 배가 멈춰 섰습니다. 그것은 멈춰 섰고 그들의 우주 정거장에 도킹되었습니다. 배의 불이 꺼졌고 극저온 세포도 꺼졌지만, 아직 열 시간이 끝나지 않았습니다. 그들에게 무슨 일이 일어날지 몰랐습니다. 그들은 죽게 될 것인가?

제가 뭘 해야 하나요?

무엇을 도와드릴까요?

이제 무슨 일이 일어날까요?

우리는 왜 여기에 있는가?

그는 왜 우리에게 누명을 씌웠는가?

질문이 많았습니다. 두려움에 떨고 있는데 갑자기 배의 문이 열리는 소리가 들렸습니다. 나는 이 행성이 발전한다면 문명화되었다는 것을 의미할 것이라고 생각했다. '우리는 혼자인가?' 하는 나의 의문은 이제 풀렸다.

나는 숨으려고 했지만, 날카로운 물체가 내 목에 떨어졌고, 나는 피를 흘리고 있었다. 나는

현기증이 나서 거기에 쓰러졌다. (그는 몇 번이나 현기증을 느끼는가)

눈을 떠보니 뭔가 다른 것이 보였다. 나는 더 이상 우주선에 있지 않았다. 그곳은 완전히 다른 곳이었다. 그래도 어지러웠기 때문에 제대로 볼 수 있었습니다.

팔을 움직여 보았지만, 팔이 끼어 있었다. 손과 다리가 쇠사슬 같은 것으로 묶여 있는 것 같았지만, 손과 발을 보니 아무것도 없었다. 그것은 어떠한 신체적 집착 없이 우리의 신체 기능을 멈추게 하는 그들의 특별한 기술이었다. 나는 모든 사람들이 나와 함께 있는 것을 보았다. 그들은 냉동 상태에서 풀려났지만 여전히 의식이 없었다. 우리 몸에 부착된 기계가 몇 개 있었습니다. 실 같은 전선이 우리를 관통하는 것이 보였다. 스콧과 캐시, 그리고 선생님은 서로 다른 방에 있었고, 우리는 모두 벌거벗은 상태였습니다. 그 사이 유리창을 통해 그녀를 볼 수 있었지만 그녀의 얼굴만 보였다.

갑자기 어떤 소리가 들리더니 우리 앞의 문이 열렸습니다. 2 마리의 생물이 들어왔습니다. 그들은 그저 인간처럼 보였지만, 여분의 기계 팔을 가지고 있었고, 그들의 머리는 조금 더 컸다. 그들이 들어왔다. 나는 눈을 감았고, 그들은 다른 언어로 말하기 시작했다.

훅 풀기... 폴후스킥....롤스키오이

Sjroloshhhj.oljnus... sjjmkollpssslo...

나에게는 외계어였기 때문에 하나도 이해할 수 없었지만, 그들은 우리가 아니라 캐시를 목표로 하고 있었다. 나는 왜 지구에 있는 그 남자가 우리를 사로잡은 이 행성으로 우리를 보냈는지 궁금했다. 그는 우리에게 이 행성의 존재에 대해 말하지도 않았습니다. 그가 그 사실을 몰랐던 것일까, 아니면 배가 오작동해서 우리를 여기로 데려온 것일까? 그러나 배는 우리가 어디로 가는지 알고 있는 것처럼 제대로 정박해 있었다. 나는 매우 혼란스러웠다. 다시 문이 열리고 또 다른 외계인이 들어왔지만 그의 얼굴은 우리가 지구에서 만났던 그 남자와 같았다. 이 모든 것을 보면서 나는 그가 우리에게 누명을 씌웠다고 생각했지만, 왜 그랬을까? 우리는 그를 알지도 못했습니다. 그의 동기는 무엇이었습니까?

나는 많은 것을 시도했지만 여전히 탈출구를 찾을 수 없었습니다. 외계인 중 한 명이 내가 깨어있는 것을 보고 나에게 와서 나를 보기 시작했고 그런 다음 버튼을 눌러 전기 충격을 주었고 나는 다시 밖으로 나왔습니다.

내가 다시 눈을 떴을 때, 나는 스콧의 몸과 선생님의 몸이 모두 열려 있는 것을 보았다. 그들은 신체 부위를 떼어내고 기계에 집어넣고 있었다. 그걸 보니 토할 것 같은 느낌이 들었고 두려움에 떨었습니다. 그들은 무엇을 하고 있습니까? 나는 떨리고 떨리고 있었다. 나는 유리창을 통해 내다보았고 외계인들이 그녀의 옷을 모두 벗겼지만 그들과 같은 일을 하고 있지는 않다는 것을 알았다. 그들은 그녀의 몸을 보고 있었는데, 갑자기 외계인이 레이저 같은 기구를 들고 나에게 왔다. 이게 끝인 줄 알았다. 나의 여행은 여기서 끝났다. 그가 레이저를 가져다가 나에게 겨누었을 때, 경보가 울렸고, 그들 모두가 경보를 받았다. 그 외계인도 방을 나갔다. 옆방에서 그녀의 목소리가 들렸다.

"도와주세요!"

"도와주세요!"

대답하고 싶었지만 목소리가 나오지 않았다. 붙어있었습니다. 내가 할 수 있는 일이 무엇일까 생각하기 시작했는데, 갑자기 손과 다리가 자유로워졌다. 이제 나는 움직일 수 있었다. 유리창을 깨려고 했지만 깨지지 않았습니다. 현관문이 열렸고, 나는 밖으로 나왔다. 나는 음성을 들었다: "이쪽으로 오너라. 제가 도와드릴 수 있어요." 처음으로 우리의 언어를 들었기 때문에 그것을 믿고 그 방향으로 갔지만 여전히 그녀를 어떻게 구할 수 있을지 고민하고 있었습니다. "나는 그녀를 구할 수 있어. 우선,

이리로 오세요!" 마치 내가 무슨 생각을 하는지 알고 있는 것 같았다.

나는 그 여자가 있는 쪽으로 갔고, 거기서 한 소녀를 보았다. 외계인이 아니라 인간처럼 보이는 소녀, 또는 인간이었다고 생각합니다. 나는 그녀를 따라가다가 캐시의 방 문 열쇠를 찾았다. 우리는 그녀에게 달려갔지만 너무 늦었어, 외계인들이 그녀를 잠겨 있고 열 수 없는 다른 방으로 데려갔어, 우리도 그 방의 열쇠가 없었어, 우리가 들을 수 있는 것은 비명과 신음하는 소리뿐이었고 갑자기 소리가 멈췄고 우리는 도끼 같은 것이 무언가를 자르는 목소리를 들었습니다. 더 이상 듣고 싶지 않아서 방금 찾은 여자와 함께 갔는데, 외계인이 총 같은 것을 들고 나에게 다가오는 것을 보았습니다. 우리는 할 수 있는 한 빨리 달렸고, 도망칠 수 없는 지역에 도착했다. 외계인은 모든 출구 지역에서 우리를 덮었습니다. 그녀는 총을 가지고 있었고, 바닥을 향해 총을 쐈고, 파란

문이 나타났고, 우리는 그 문을 통해 떨어졌고, 문이 닫혔습니다.

우리가 넘어질 때, 그녀는 나를 꽉 껴안고 산소가 들어있는 마스크를 주었다. 나는 말을 하려고 했지만 목소리가 막혔다. 우리는 쓰러졌고, 우리 아래에 문이 열렸고, 이제 우리는 외계인 시설 밖에 있었다. 제가 봤을 때, 그것은 거대하고, 약 150 층 정도 크고, 파란색과 흰색의 색깔이 있는 건물이었고, 그 구조는 제가 지구에서 본 것과는 전혀 달랐습니다, 그리고 나서 저는 이 건물에 붙어 있는 다른 건물을 보았습니다. 그것은 녹색 액체가 담긴 파이프 안에 인간들이 있었지만, 그들의 몸은 찢겨져 있었습니다. 그것은 나를 위해 대단한 전망이었다.

"이봐요."

"이봐요."

"이봐요."

그녀는 우리가 계속 달려야 한다고 말했고, 그렇지 않으면 그들이 우리를 잡을 것이라고 말했고, 그 광경을 본 후 나는 움직일 수 없었다. 나는 얼어붙었고, 그녀는 나를 세게 밀었고 나는 정신을 차렸고 목소리를 되찾았습니다.

"이봐, 그게 뭐였더라?"

"그들이 그녀를 어떻게 하려는 거지?"

"넌 누구냐?"

"여긴 어디지?"

"뭐... 아아....아... t?"

"그만해, 그만해. 모든 것을 설명해 드리겠지만, 우선 우리는 계속 달려야 해. 그렇지 않으면 놈들이 우리를 잡을 거야."

"하지만."

"하지만 어쩌겠는가? 살고 싶으면 닥치고 나와 함께 가자."

나는 그녀를 따라갔지만, 외계인들이 우리를 따라오기 시작했고, 우리는 다시 달리기 시작했다. 행성은 이상했다. 그것은 모두 갈색이었다. 그곳의 건물들은 모두 파란색과 흰색이었습니다. 도로망, 떠다니는 차량, 붉은색의 식물이 있었습니다. 우리는 거의 한 시간 동안 달렸습니다. 그녀는 기기나 기술을 꺼냈고, 그것은 스마트폰처럼 보였다.

다섯 명의 외계인이 우리를 따라잡더니 총을 쏘기 시작했다. 그녀는 나에게 총을 주면서 그들을 지옥에 처박아 버리라고 말했다.

나한테는 쉬웠던 것 같은데, 응!? 게임에서만 이런 것들을 해봤는데, 이제 현실에서는 어떻게 사용하는지조차 모르겠어요. 나는 혼란스러웠고 무엇을해야할지 또는 어떻게해야할지 몰랐다. 너무 무서워서 아무것도 할 수 없었어요. 나는 총을 손에 들고 아무것도 하지 않았다. 그녀는 내게서 총을 빼앗아 다섯 명을 쐈다. 그들은 더 이상 우리를 따라오지 않았다. 배 한 척이 우리 위로 올라오더니 우리를 그곳으로 곧장 밀어 넣었다.

제가 배에 들어갔을 때, 한 남자가 저를 세게 때렸고, 제 머리는 벽에 부딪혀 피를 흘리기 시작했습니다.

"이봐, 뭐 하는 거야?" 그녀는 말했다

"너한테 뭔가를 하려는 건가?"

"나는 여기서 그를 죽일 것이다." 그가 말했다.

"아뇨, 그는 생존자입니다. 내가 그를 구해줬어." 그녀가 말했다.

어지러움을 느꼈고 의식을 잃었다. 눈을 떴을 때, 그녀는 먼저 붕대 같은 것을 붙이고 나를 도와주고 있었다. 그 남자는 화난 얼굴로 거기서 그 외계인들 앞에서 나를 죽일 것처럼 보였다.

"당분간 쉬세요"라고 말하며 주사를 놓았고, 나는 잠을 잤다. 얼마 후 깨어났을 때, 그녀는 다른 방에 앉아 있었다. 나는 일어서서 그곳으로 갔다. 나는 매우 혼란스러웠고 많은 질문이 있었습니다. 방으로 들어가면서 나는 그들의 대화를 엿들었다.

"나는 그 새끼를 배에 태우고 싶지 않아. 그는 우리 우주에서 온 사람도 아니에요." 그 남자가 말했다.

"그가 너에게 해를 끼치고 있니?" 소녀가 말했다.

"아뇨, 하지만 저는 그의 존재가 마음에 들지 않아요."

"그게 무슨 이유야? 나는 이것이 타당한 이유라고 않고, 그는 부상을 입었다. 우리는 그를 도울 수 있고, 그런 다음 그를 고향 행성으로 보낼 수 있습니다."

"나는 그 새끼를 밤에 던질 거야."

"무슨 일이니?"

쯔

나는 그들의 방에 들어갔고, 그들은 더 이상 말을 하지 않았다.

"미안하지만, 너의 대화를 엿들었어. 기내에서 저와 문제가 있으면 pls, 저를 그냥 던져주십시오. 내가 어떻게 대처할 수 있을지 지켜보겠다"고 말했다.

"아뇨, 괜찮아요. 그는 그저 멍청하고 버릇없는 녀석일 뿐이다. 걱정 안 하셔도 돼요."

"응??" 그 남자가 말했다.

그녀는 낮은 톤으로 웃기 시작했고, 그녀의 미소는 매우 매력적으로 보였다.

5 분 동안 계속 쳐다보더니 그 남자가 무서운 표정을 지더라고요. 나는 깜짝 놀라 그녀를 쳐다보지 않았다. 그의 분위기는 마치 나를 곧 죽일 것 같았고, 나는 거리를 유지해야 했다. 그 방의 분위기는 무서웠지만 즐거웠습니다. 그러다가 갑자기 웃음이 나오기 시작했어요. 나는 4 학년 이후로 이렇게 웃어본 적이 없었다. 정말 좋았어요. 우리는 모두 거기에 앉아서 이야기를 시작했습니다. 질문이 많았기 때문에

내가 뭔가를 말하기 시작하자 그녀는 내 말을 가로막고 말하기 시작했습니다.

"그러니까 당신이 혼란스러워하고 있다는 걸 알아요." 그녀가 말했다.

"네, 물론입니다." 나는 대답했다.

"자기소개부터 시작하겠습니다. 나는 에이바이고 그는 알렉의 이름입니다. 우리는 지구 행성에서 왔습니다."

"알았어, 알았어, 잠깐만! 지구 응? 하지만 제가 태어난 곳은 지구입니다."

"오, 대단하네요. 우리는 같은 방향으로 가야 합니다."

"하지만 지구에는 아직 우주 여행 기술이 없어요." 내가 말했다.

"응? 지구는 20 년 이상 이 기술을 가지고 있었습니다. 최근 지구가 화성을 식민지화했다"고 말했다.

"아뇨, 아뇨, 그 임무는 단순한 로켓으로 7 년 후에 이루어질 것입니다."

"어때요, 형?"

"형, 응?"

"뭐라고?"

"아무것도. 당신이 온 지구의 해는 언제입니까?"라고 물었다.

"2021 년이요." 그녀가 말했다.

"우리가 어떻게 같은 해를 보냈는지, 그리고 우리의 기술이 그렇게 발전하지 않았다는 것"이라고 나는 말했다.

"하지만 그 낡은 로켓 기술을 가지고 우주에 온 거야?"

"아뇨, 긴 이야기입니다. 나중에 나중에 말씀드리겠습니다."

"아, 그럼요."

"아스트로 수업 시간에 잠을 자면 그런 일이 일어난다"고 그 남자가 말했다.

"닥쳐." 그녀가 말했다.

그런 다음 그는 평행 세계 또는 평행 우주의 개념에 대해 이야기했는데, 이는 우리 둘 다 같은 세계에서 왔지만 다른 우주에서 올 수 있는 용어입니다. 누군가 다른 선택을 할 때, 새로운 우주가 창조된다. 나는 그가 말한 것을 이해하지 못했기 때문에 그녀는 이해하기 쉬운 방식으로 나를 위해 그것을 통역했습니다. 그녀는 만약 당신이 우리와 함께 배에 타지 않기로 선택했다면, 그 우주는 당신이 죽었기 때문에 창조된 것이지만, 당신은 배에 타는 선택을 하고 구원받았기 때문에 이 우주에서 당신은 살아 있다고 말했습니다. 그래서 기본적으로, 여러분의 선택은 다른 우주를 만듭니다.

"그렇다면 수백만 명의 사람들이 매일 다른 선택을 하기 때문에 그 수가 무제한이어야 합니다."

"그래, 그래야 하겠지만, 이 사건은 우리에게도 첫 번째 사건이야."

"아"

"그럼 당신은 어떻게 그런 기술을 가지고 있었는데 우리는 없었나요? 우리가 내린 잘못된 선택은 무엇이었습니까?"

"흠...... 당신이 살고 있는 행성의 상황은 어떠한가?"

"달은 점점 멀어지고 있고, 도처에서 전쟁이 일어나고 있다. 국가들은 타당한 이유 없이 싸우고 있다."

"아, 그게 선택이야." 그녀가 말했다.

"이해가 안 돼요." 내가 말했다.

"어디 보자, 우리 행성에는 전쟁이 없어. 전에도 그랬지만, 그때 그들은 지구 정부라고 불리는 정부를 구성하기로 결정했습니다. 이 안에서 모든 나라가 통일되어 있고 이제 나라가 없습니다. 사람들은 스스로를 지구인이라고 부른다. 그 후 상황이 바뀌기 시작했고, 모든 국가의 힘과 그들의 마음을 결합하여 많은 새로운 기술을 구축했습니다."

"오, 대단하네요. 이제 우리의 세계가 어떻게 다른지 이해합니다."

이제 그 소개가 끝났습니다. 그것은 우리 사이에 많은 대화로 이어졌고 어떻게 된 일인지는 모르겠지만 나는 그녀와 매우 쉽게 이야기하고 있습니다.

저는 그들과 대화를 시작했고, 그 행성에 대해 질문했고, 왜 그녀가 그곳에 있었는지, 그 사람들, 그리고 모든 사람들에 대해 질문했습니다. 그녀의 대답은 나에게 충격을 주었다.

그녀가 말하기를, "너희의 지구와 우리의 지구는 한 가지 면에서 동일하며, 그것은 부패의 집단이다. 나는 누가 책임자이고 지구에 있는 그룹이 얼마나 큰지 모르지만, 내 그룹은 꽤 큽니다.

1760년에 운석이 지구에 부딪혔습니다. 그리고 나중에 그 유성이 그 모양을 바꾸기 시작하면서 그것이 유성이 아니라 어떤 종류의 우주선이라는 것을 알게 되었고, 어떤 사람들은 그 밖으로 나왔고, 어떤 사람들은 지구가 원래 그들의 것이라고 말하지만, 우리는 진실이 무엇인지 모릅니다. 그래서 그들은 와서 사람들을 찾아 그룹을 형성하고 그들에게 대표적인 역할을 할당했습니다. 그 외계인들은 여러분이 그 행성에서 만났던 사람들이었고, 그들은 기계 손과 개자식들을 가지고 있었습니다. 그들은 매우 강한 사람들이었고 놀라운 기술을 가지고 있었습니다. 그들이 원한다면 1분 안에 지구를 파괴할 수 있습니다. 사람들은 그렇게 하지 말라고 애원했고, 그래서 그들은 거래에 동의했습니다. 그들은 **훌륭한** 기술을 가지고 있었지만 문제는 의료 시설이 없다는 것이었습니다. 우리 몸의 각 부분과 그들의 부분은 거의 같기 때문에 그들은 자신의 세대를 구할 누군가가 필요합니다. 지난 200년 동안 그 행성에는 전염병이 있었고 그들의 기술은 어떤 해결책도 찾지 못했습니다. 그래도 유일한 해결책은 신체의 그 부분을 새 것으로 교체하는 것입니다. 사람은 궁핍하기 때문에 단지 그들을 구하기 위해 사람을 수련하고 신체 부위를 얻고 있다. 그들은 당신 자신과 이 행성을 지키고 싶다면 우리 네 명의 인간을 우리 행성으로 보내야 한다는 거래를 했습니다."

그 말을 듣고 나서 엄청 무서워졌어요.

"그런데 왜 지구 전체에만 네 개만 있는 거죠?" 라고 물었다.

"확실하지는 않지만, 어디선가 들었는데, 그들도 인간과 다른 행성과 거래를 했다고 하더군. 그래서 저는 네 가지를 생각합니다.

"아, 그렇군요. 두 가지 질문이 있습니다. 세 가지 질문은 없습니다." 나는 말했다.

"아, 물어봐."

"그러니까 당신이 인간 소년의 장기가 필요하다고 말했다면, 왜 그들은 나와 함께 있던 소녀의 장기를 제거하지 않고 그녀의 벗은 몸을 바라보고 있었을까요?"

"농담하는 거지? 그 이유를 생각조차 못 했어?"

"그래, 제발, 말해봐."

"그들이 이런 일을 하는 이유는 인간을 이용하기 때문이기도 하지만, 자신들의 성적 욕망을 채우기 위해 소녀들을 이용하기 때문이기도 하다. 그 후, 그들은 그녀를 죽이고 부품을 제거합니다.

"뭐야 씨발, 왜?"

"나도 몰라." 그녀가 말했다.

"씨발, 씨발."

"멈출 수 있을까요?" 라고 물었다.

"죽고 싶어? 그럼 널 죽여버리겠어." 그녀가 말했다.

"아뇨, 아뇨, 죄송합니다만, 어쩔 수 없을까요?" 라고 물었다.

"저는 그렇게 생각하지 않습니다. 우리의 거대 정치 집단들 사이에서 거래가 이루어지고 있기 때문에 우리가 할 수 있는 일은 아무것도 없습니다. 모두가 자신의 종족을 구하기 위해 싸우고 있습니다.

"그래, 맞아, 하지만 그래도 나는 그들을 막고 싶어. 나는 괴물로 가득 찬 그 행성을 파괴할 것이다."

"그래, 그래, 뭐가 됐든, 이걸 기억해: 그들은 괴물이 아니야. 그것은 그들의 생존 본능이다"라고 그녀는 말했다

"하지만 그들은 우리가 기증을 할 것인지 아닌지를 결정할 때 우리로부터 허락을 받아야 합니다. 어떻게 우리를 납치하고 마음대로 할 수 있지?" 제가 말했어요

"나도 몰라, 그냥 네가 구원받았다는 걸 기억해, 감사해."

"자, 다음 질문입니다: 이 모든 것을 어떻게 아세요, 그리고 거기서 뭘 하고 계셨나요?"

"그것이 비밀이라는 것을 어떻게 알았는지에 대해서는, 내가 너에게 말할 준비가 되었다고 생각하기 전까지는 너에게 말하지 않을 거야."

"뭐라고?" 라고 물었다.

"아무것도, 내가 거기서 뭘 하고 있었는지는 말이야. 저는 여행자이고 탐험하기 위해 세계를 방문합니다. 나는 이 세계에 대해 알고 있었기 때문에 어떻게 생겼는지 궁금했습니다. 그것은 위험하고 비윤리적이었지만, 그래도 나는 그곳에 가서 잡혔다. 나는 이틀 동안 거기에 머물렀다. 그들은 고맙게도 나를 자르지 않았습니다. 나는 기술이 있었기 때문에 그들의 감옥을 부수고 탈출한 다음 너를 구했어."

"아, 알겠네."

"그래, 3 번째?" 라고 물었다.

"오 젠장, 그거 잊어버렸어." 내가 말했다.

나는 아주 다른 어조로 그녀가 열심히 웃기 시작했다고 말했고, 나는 우리가 거의 5시간 동안 이야기했고 그 남자는 바닥에서 잤다는 것을 몰랐고, 그의 자는 자세가 매우 이상하고 웃겼기 때문에 그 대화 후에 그를 보면서 웃기 시작하면서 내 마음을 편안하게 해주었다.

그녀와 이야기하는 것은 매우 좋았습니다. 이제 잠을 잘 시간이었으므로 우리는 각자의 방으로 가서 잠을 잤다. 얼마 후, 방 전체가 흔들리기 시작했고, 누군가 비명을 지르고 있었다. 나는 깨어나서 무슨 일이 있었냐고 물었다. 잠깐, 나 어디 있지?

그때 나는 내가 우주선 안에 있다는 것을 기억해냈는데, 왜 그렇게 심하게 흔들렸을까?

"어리석은 자들아, 깨어나라, 우린 죽을 거야." 그녀가 말했다.

"무슨 일이야? 왜 떨고 있는 거지?" 라고 물었다.

"조심해."

밖을 내다보니 거대한 블랙홀이 있었습니다. 우리에겐 보호받을 수 있는 기술도 없었고, 워프 엔진도 고장 났으며, 이제 뭘 해야 할지도 몰랐다. 모두가 죽음의 공포에 떨고 있었습니다. 우리는 블랙홀에서 멀리 떨어지려고 노력했지만, 일반 엔진도 고장 난 상태였다. 당시 우리에게는 정말 무서운 순간이었습니다. 그 은하를 보니, 거의 모든 것이 그 빌어먹을 블랙홀 속으로 빨려 들어간 것 같았다. 우리는 우리로부터 거의 20,000 킬로미터 떨어진 곳에 있는 행성을 보았습니다. 탈출 포드와 행성이 있었기 때문에 우리는 거기에 들어가 보았습니다. 우리는 모두 별도의 탈출 포드로 들어가서 발사했습니다. 한 가지 실수가 일어났고, 이제 에이바와 나는 같은 방향으로 가고 있었지만, 알렉은 다른 길을 택했다. 더 나쁜 것은 우리의 경로가 지구를 향하지 않았다는 것입니다. 그 블랙홀의 중력이 우리를 너무 세게 빨아들여서 우리는 결국 블랙홀에 더 가까이 다가갔고, 그 방향은 행성이었고, 우리는 그 행성도 이제 블랙홀의 범위 안에 있다는 것을 알았고, 그것은 곧 파괴될 수 있습니다. 그래서 알렉도 안전하지 않았으므로 이제 우리 모두가 무한으로 가야 할 때였습니다.

우리는 둘 다 블랙홀 속으로 들어갔다. 이제 우리는 아무것도 느끼거나 볼 수 없었습니다. 그곳은 어둡고, 텅 비어 있었고, 아무것도 없었고, 우리는 우리의 몸을 느낄 수 없었다.

그러다 잠에서 깼다.

챕터 3

이 모든 것이 꿈이었을까, 아주 긴 꿈이었을까?

"이봐, 안녕 너." 목소리가 들렸다.

"이 목소리는 전에도 들어본 적이 있어요." 내가 말했다.

"이봐, 이 나쁜 놈아."

"뭐야 씨발, 여기 어떻게 왔어? 이것도 꿈인가? 꿈이 점점 길어지고 이상해지고 있네, 허허."

나는 그렇게 말하고 잤다. 그때 누군가 나에게 물을 부었다.

"뭐야 씨발?"

"깨어났어."

"이 사람은 누구입니까? 꿈이었을까? 어떻게? 무슨 일이 있었나요?

"꿈이 아니에요. 저는 여기 여러분 앞에 서 있습니다." 그녀가 말했다.

"하지만 잠깐만요, 우린 정말로 블랙홀에 떨어졌고, 저는 정말로 우주로 갔어요. 누가 우리를 구해줬어?"

정말 혼란스러웠다. 나는 내가 이전에 더 이상한 꿈을 꿨기 때문에 이것도 꿈일 수 있다고 생각했지만, 그녀가 내 앞에 서 있는 것이 아니라 내 방에 있었다고 생각했거나, 그래서 나는 주위를 둘러보았을 때 그것은 방처럼 보였지만 내 방이 아니었고, 나는 그녀에게 무슨 일이 있었는지 물었다. 현재 알려진 과학에 따르면 아무도 블랙홀에서 돌아오지 않았으므로 우리는 어떻게 그 블랙홀에서 구원받았는지 물었다. 그리고 우리는 입자로 축소되고 우리는 어디에 있습니까 ?? 그녀는 우리가 들어갔을 때 의식을 잃었지만 얼마 후 눈을 뜨고 지구를 보았다고 말했습니다. 그녀의 이론은 블랙홀이 실제로 우리를 멀리 떨어진 행성과 연결하고 웜홀처럼 작동하거나 처음부터 웜홀이었다는 것입니다. 그녀가 만든 방에 대해 그녀는 공중에 던졌을 때 생존을 위한 작은 방을 만들 수 있는 기술이 있다고 말했습니다. 그녀는 CD 같은 것을 가지고 있는데 그녀는 땅에 던지고 전화기를 사용하여 무언가를 했고 거기에서 빛이 나와 방을 만들었습니다. 내가 그 방에서 나왔을 때, 나는 정글을 보았고, 우리 배는 탈출 포드와 함께 그곳에 추락했다. 그녀는 첨단 기술을 가진 다른 세계에서 왔음에도 불구하고 이러한 상황에서 살아남는 방법을 알고 있었습니다. 그녀는 우리가 음식을 요리하기 위해 열을 얻기 위해 밖에서 불을 피웠습니다. 내가 잠자는 동안, 그녀는 음식과 다른 것들을 찾아서 요리했습니다. 그녀의 옷은 거의 찢어질 뻔했고, 그녀는 피곤했다.

"쉬세요, 제가 할게요." 나는 말했다

"오, 그래, 나는 구원받았어, 고마워."

그런 다음 우리는 무엇을 해야 할지에 대해 이야기했습니다. 다음으로, 나는 내 전화가 어떻게든 작동하고 있었고 나는 이제 서비스를 받고 있었기 때문에 우리가 내 세계에 있는지 확인했기 때문에 우리는 집에 가기로 결정했지만 문제는 얼마나 많은 시간이 흘렀고 우리가 없을 때 무슨 일이 있었는지, 우리 부모님은 어떻습니까, 우리는 더 생각하지 않고 정글에서 나왔습니다 그렇게 크지 않았습니다. 그리고 우리는 도로를 보았고, 운이 좋게도 우리가 살았던 같은 나라에 있었다. 내 전화가 작동하면서 우리는 집으로 가는 택시를 예약했습니다. 10 시간 거리였기 때문에 우리 통화로 약 6000 이 들었지만 마침내 도착했습니다. 나는 그녀에게 내 세계와 그것이 어떤지 보여줬지만, 도처에 전쟁이 있었고 그녀는 평화로운 곳에서 왔기 때문에 그녀에게 이것을 보여주면 안 된다고 생각했습니다. 집에 도착했을 때 부모님은 저를 보시고 "전화도 못

받고 2 시간 동안 어디 있었니?" 하고 반갑게 맞아주셨다.

"뭐야, 딱 두 시간이야." 내가 말했다

"네, 무슨 일이 있었던 거죠?"

"아무것도. 게임을 하고 있었는데 친구를 데리고 왔어요. 우리는 내 방에 있을 거야." 나는 말했다

"친구야, 와우." 엄마가 말씀하셨어요

"뭐???"

"아무것도"

그런 다음 실제로 무슨 일이 있었는지 생각하고 토론했지만 피곤하고 쉬고 있었기 때문에 전혀 단서가 없었습니다.

내 방에는 침대가 하나뿐이었고 우리 둘 다 지옥처럼 졸렸으므로 낮잠을 자야했습니다. 이제 뭘 해야 할까, 여분의 쿠션이나 우리가 사용할 수 있는 것이나 그 위에서 잘 수 있는 것이 없을까 생각했다.

"이봐, 너 침대에서 자. 바닥에서 자겠습니다."
나는 말했다 (신사, 응!?)

"아니, 무슨 소리야? 이것은 당신의 집이며, 침대에서 자십시오. 나는 바닥에서 자려고 한다"고 말했다.

"침대에서 잠을 않습니다. 당신은 우리의 손님입니다." 나는 말했다.

우리는 이 문제에 대해 말다툼을 하기 시작했고, 해결책은 나오지 않았다. 함께 침대에서 자자. 나는 농담으로 그렇게 말했지만, 그녀는 그 말에 동의했고, 이제 부끄러움을 느끼며 우리 둘은 같은 침대에서 잤다. 다행히 더블 침대였기 때문에 거리를 유지하며 잠을 잤다. 휴식을 취한 후에는 활동이 없었습니다.

"여기 머무를 건가요?" 나는 에이바에게 물었다.

"아뇨.... 나는 그것을 찾기 위해 돌아가서 우주 은하 검사 부서에 그에 대한 불만을 제기할 것입니다."

"그게 뭐고, 어떻게 돌아갈 거야? 당신의 배는 망가졌습니다."

"기본적으로 우주 경찰입니다. 누군가 또는 무언가가 길을 잃었다고 가정해 보겠습니다. 우리는 그들에게 연락 할 수 있고, 나는 내 전화기를 가지고 있습니다. 구조대를 보내도록 연락하겠다"고 말했다.

"알겠습니다." 나는 말했다.

"그래, 알았어, 갈 거야. 만나서 반가웠습니다. 집으로 돌아올 수 있어서 기쁩니다."

"네" (나는 슬픈 어조로 말했다)

가기 전에 그녀는 뭔가를 했다. 의식을 잃기 시작했고, 모든 것이 텅 비기 시작하더니, 깨어났고, 내 삶은 정상으로 돌아왔다. 다음 날 아침에 나는 스콧과 함께 학교에 갔다. 오늘은 제가 가장 좋아하는 로봇 공학 수업이었는데, 지루한 두 과목을 가르친 후 모두가 처음으로 수업에 참여했습니다. 다른 학과 학생들도 올 수 있으니까 캐시도 왔어요. 수업이 너무 재미있었습니다. 수업이 끝나고 스캇과 나는 떠났다. 선생님은 제가 먼저 수업에 갈 수 있도록 화장실에 간다고 말씀하셨습니다. 예상치 못한 일이 일어났습니다. 캐시가 제게 와서 말을 하기 시작했어요. 긴장하고 있었지만 이것은 일생에 한 번뿐인 기회이기 때문에 최선을 다해 이야기했습니다. 오늘은 모든 것이 나에게 유리하게 흘러가고 있었다. 결국 하나님은 나의 요구를 들어주셨다. 얼마간의 이야기를 나눈 후, 나는 내 교실로 들어갔고, 그녀는 그녀의 교실로 들어갔다.

점심시간에 스콧은 방과 후에 영화를 보고 싶은지 물었다. 이 영화는 내가 오랫동안 보고 싶었던 영화이기도 했다.

나는 동의했고, 그는 캐시도 올 것이라고 말했다. 그녀의 친구들도 오고 있었지만 그들의 계획이 취소되어 그녀만 오게 되었습니다.

내 인생 최고의 날이라는 사실에 너무 흥분했습니다. 학교가 끝나고 우리는 쇼핑몰에 갔다. 티켓은 Kathie 에 의해 이미 예약되었고 그녀는 방금 개장 한 다른 쇼핑몰에서 그것을 볼 것을 제안했습니다. 그래서 그녀가 제안한다면, 나는 그녀의 제안을 받아들일 것입니다.

우리는 쇼핑몰에 다른 길을 택했다. 쇼핑몰에 들어간 후 그 장소에 대해 이상한 점이있었습니다. 텅 비어 있었고, 건물 전체가 텅 비어 있었다. 나는 소트와 이야기하기 위해 뒤를 돌아보았고, 그는 거기에 없었고, 색은 사라지고 있었고, 모든 것이 어두워지고 있었고, 그곳에는 아무도 없었다. 스캇과 캐시는 그냥 사라졌어요. 나는 지금 아무것도 볼 수 없었고, 나는 그들에게 전화를 걸었지만 내 전화는 거기에 없었다. 그것 역시 사라졌다.

문은 닫혀 있었다. 몇 분 후, 나는 출구가 없는 방에 있었다. 한 남자가 그곳에 서서 나를 바라보고 있었다. 그는 몹시 화가 났습니다. 어디선가 빛이 들어왔고, 이제 모든 것이 더 선명해졌다. 나는 이제 내가 어디에 있었고 무슨 일이 있었는지 등 모든 것을 천천히 기억하고 있습니다. 그때 나는 그 사람이 스콧이 아니라는 것을 기억했다. 그것은 모두 나를 유혹하기 위한 함정이었다.

"환영하오, 친구야. 네가 먼저 살아남았어." 그가 말했다

이번에는 혼자가 아니었다. 적어도 50 명 이상의 사람들이 같은 말을 반복해서 하고 있었다. 무서워서 무릎을 꿇었지만 싸울 수밖에 없었고, 나도 무술을 알고 있으니 사용하자고 했기 때문에 일어서서 싸우려고 했다. 나는 그들 중 한 명을 때려눕혔지만 너무 많았고, 나는 외계인과 싸울 훈련조차 받지 않았으며, 아직 죽고 싶지 않았다. 아무도 듣고 같은 말을 반복하지 않았습니다. 그들 모두가 죽이는 본능으로 천천히 나에게 다가오고 있었다. 갑자기, 나는 내 위에서 빛이 나오는 것을 보았는데, 그들 모두가 순식간에 죽임을 당했다.

나는 그녀에 의해 구원받았습니다. 나는 한 번 더 그녀의 우주선으로 순간이동했다.

"여기 어떻게 오셨어요?"

"위험을 감지하고 돌아왔어요. 괜찮아?" 라고 물었다.

"그냥 너한테 구해졌어." 내가 말했다

"좋은"

"그런데 무슨 일이 일어나고 있는 거죠? 왜 내 기억을 지워버린 거야?"

"개발되지 않은 종들이 스스로 발견하기 전까지는 우주적 세계에 대해 알리지 않는 것이 법이다. 여기서 당신이 안전하지 않다고 생각한다는 것을 잊어버려. 그들은 다시 너를 찾아올 거야."

"그런데 왜?"

"몰라요, 하지만 우린 어떻게 하면 널 안전하게 지킬 수 있을지 알아내야 해. 지금은 부모님께 여행을 가자고 여쭈었는데, 부모님은 아무 질문 없이 승낙하셨어요."

"왜 나를 찾아온 거지?"

"당신이 잡히지 않았고 할당량이 충족되지 않았기 때문이라고 생각합니다."

"그럼 이제 뭘 해야 하지?"

"지금은 지구에 머물지 않도록 노력해야 합니다."

"그때는 그들이 나를 잡으러 우주로 올 거야." 내가 말했다.

"우주에서는 경찰이 처리할 거야." 그녀는 말했다.

내가 우주로 보내졌을 때 실제 임무는 곧 멸망할 지구를 구하는 것이었음을 기억했고, 이제 어수선한 모든 것에서 벗어나야 하는 새로운 문제가 있습니다.

"저기, 저도 같이 가도 될까요?"

"다른 방법은 없나요, 아니면 배를 조종할 줄 아세요?"

"아니요,"

"도와줘서 고마워."

우린 얼마 동안 얘기를 나눴고, 나도 모르게 나는 그녀의 새로운 우주선을 타고 우주로 갔고, 우리는 지구를 구하고 어떻게든 인신매매를 막기로 결정했지만, 우리가 어떻게 해야 할지 몰랐는데, 갑자기 그 군사 외계인이 우리에게 행성이나 먼 우주에서 오는 빛에 대해 말해준 것이 생각났어, 그가 진실을 말하고 있는 건지 아니면 그냥 거짓말을 하고 있는 건지 알 수 없지만, 두고 보자고. 어쩌다 보니 이제 빛을 찾는 것이 우리의 임무가 되었습니다.

우리는 여행을 시작했습니다. 둘이서 망나먼 우주로 날아올라 그 외계인이 준 우주 지도를 펼쳤는데, 그게 사실인지 확인하기 위해 먼저 우주 부서에 가서 5 광년 떨어져 있는지 물어봐야 했고, 워프 엔진도 다시 채워야 했기 때문에 기본 엔진을 사용해서 여행했습니다. 우리 속도로는 5 시간 정도 걸릴 것 같은데, 1 시간 만에 태양계를 떠났고, 워프 엔진이 너무 빨라서 졸려서 잤다.

"이봐, 일어나." 그녀가 말했다.

"도착했다고?" 라고 물었다.

"그래, 조심해." 그녀가 말했다.

침대에서 일어나 보니 지구본처럼 생긴 아름다운 구조물이 보였다. 그 디자인은 우아했고, 전에는 본 적도 없는 것이었습니다. 우리는 그 우주 정거장에 도킹하여 그곳에 착륙했습니다. 내부는 유리로 되어 있었다. 거기서 우주 공간 전체를 볼 수 있었어요. 바닥조차도 유리였습니다. 밖에서 보면 큰 금속 공처럼 보였지만 내부는 투명했습니다. 아래를 내려다볼 때 우주에 떠 있는 것 같았어요, 무서웠어요. 그런 다음 우리는 안으로 들어갔고, 로봇이 그녀의 눈을 스캔하고 그녀를 들여보냈습니다. 나는 그녀와 함께 있었기 때문에 나도 들어갈 수 있었지만 문제는 우리가 들어갔을 때 우리가 둥근 플랫폼에 서 있었고 그것이 우리를 꼭대기로 공중에 띄웠을 때 발생했습니다. 꼭대기는 주요 본부였고, 모든 위원들이 그곳에 있었다. 그녀와 같은 인간과 다른 외계 종족이 있었다. 어떤 사람은 목이 두 개이고, 어떤 사람은 눈이 세 개이며, 심지어 몸이 없는 사람도 보았습니다. 그들은 빛이었고 텔레파시를 사용하여 서로 의사 소통했습니다. 나중에 알게 된 사실이지만, 우주 정거장 전체도 외계인이었다. 이 종들은 우주에 머물며, 우주 정부는 그들이 머물 수 있는 거대한 장소를 만들 수 있도록 그들과 협력했습니다. 기본적으로, 우리는 그 놈의 뱃속에 있었습니다. 좀 징그럽긴 했지만, 이런 종류의 생명체도 존재한다는 것, 그리고 우리가 내린 몇 가지 선택 때문에 모든 것이 우리 지구인에게 숨겨져 있다는 것을 보고 놀랐습니다. 우리는 여전히 발전하고 있기 때문에 이것의 아름다움을 이해할 수 없으며,

이러한 전쟁과 다른 문제들은 우리를 떠나지 않을 것입니다.

우리는 경찰과 이야기를 나누기 위해 들어갔지만, 우리가 말을 하기도 전에 그가 우리에게 물었다.

"지금 뭘 하고 있다고 생각해?" 그는 그녀에게 물었다.

처음에는 이상한 포즈로 인사를 건넸다. 그녀는 두 손을 곧게 펴서 등에 얹고 머리가 땅에 닿을 때까지 절을 했다. 매우 이상했습니다. 나는 그녀를 보았고 그녀와 같은 일을했다.

"죄송합니다만, 저는 다른 선택의 여지가 없었습니다." 그녀가 말했다.

"글쎄요, 무슨 일이 있었는지 설명해 주시겠습니까?"

그녀는 그에게 모든 것을 설명했고, 나는 그가 우리의 상황을 이해했고 내가 거기에 머무르는 것이 왜 안전하지 않은지 이해했다고 생각합니다.

"그래, 좋아, 이 무법자들은 걷잡을 수 없게 됐어. 우리는 그들에 대해 뭔가를 해야 합니다. 그들이 지구인을 표적으로 삼고 있다는 것을 몰랐는데, 그들이 우리와 맺은 거래는 누군가가 그곳에 도달하면 죽여야 한다는 것, 그렇지 않으면 그 사람들은 이해하지 못하겠지만. 누군가 도망가면 붙잡거나 한 명을 더 보내겠다는 내용도 담겨 있지만, 이는 사람을 납치하는 것이 바람직하지 않다"고 말했다.

"네, 알겠습니다."

"어쨌든, 현재 상황에서는, 당신이 묻고 있기 때문에, 우리는 그가 우주에 머물도록 허용하고 그의 기억을 지우지 않습니다."

"고맙습니다, 선생님." 그녀가 말했다.

"선생님, 한 가지 더 여쭤보고 싶은 것이 있습니다." 그녀가 말했다.

"네?"

"달 문제가 우리에게 일어나지 않았듯이 지구는 달 문제로 파괴될 것인가?"

"그래, 그런 일이 일어날 거야, 그리고 그 이유도 간단해, 너희들은 그저 형편없는 일로 싸우고 싶어 하는 거야." 그가 화난 어조로 말했다.

"알겠습니다, 확인해주셔서 감사합니다."

"그걸 막을 수 있는 방법은 없을까?" 라고 물었다.

"네, 있긴 하지만, 매우 어려운 임무가 될 겁니다."

"제발 내가 지구를 구할 준비가 됐다고 말해줘." 내가 말했다.

그런 다음 그는 200 억 광년 후에 웜홀이 나온다는 소문이 있다고 말했습니다. 그는 그것이 웜홀인지 행성인지 확신하지 못했지만 거기에서 평행 우주를 만들지 않고도 어느 시점에 도달하든 과거 전체를 바꿀 수 있다고 합니다. 그곳은 신의 행성이라고 불리며, 우주를 통제하는 불멸자가 살고 있습니다. 그 얘기를 듣고 나서, 우리가 그곳에 간다면 어떻게 모든 답을 얻을 수 있을지 매우 궁금해졌습니다. 나는 정말로 거기에 가고 싶었는데, 그가 우리에게 설명할 때 그녀의 얼굴은 나에게 "아니요, 나는 거기에 가고 싶지 않습니다"라는 반응을 보였습니다. 그런 다음 그녀는 가고 싶다면 갈 수 있지만 나는 당신과 함께 갈 의향이 없다고 말했습니다. 그것은 매우 위험하며, 우리가 그곳에 도달하기 전에 200억 명이 죽을 수도 있습니다. 경찰관은 우리의 말을 듣고 있었습니다. 그는 "네, 어렵지만, 당신의 배를 사용하면 배보다 100배 빠른 내 것을 사용할 수 있고, 극저온을 사용하여 노화를 방지할 수도 있습니다"라고 말했습니다. 그는 매우 훌륭한 장교였습니다. 그는 또한 누가 우리를, 이 우주를, 그리고 모든 것을 만들었는지에 대한 답을 원했던 것 같다. 나는 그녀를 설득하려고 노력했지만, 그녀는 동의하지 않았다. 무언가가 그녀를 오싹하게 만들었다. 그런 다음 우리는 우주선으로 나갔지만, 그녀는 여전히 확신하지 못했습니다.

"이봐, 한번 해보자." 내가 말했다.

"아뇨." 그녀가 이상한 어조로 말했다.

"제발, 답을 원합니다." 나는 말했다.

"엉덩이 구멍은 없어요." 그녀는 화난 어조로 말했다.

"하지만 내 행성을 구할 수 있고, 어쩌면 그 인신매매를 멈출 수 있을지도 몰라. 이제 우리는 완벽한 해결책과 신에게 다가갈 수 있는 방법을 갖게 되었습니다."

나는 그녀를 설득하려고 노력했지만, 그곳의 무언가가 그녀를 상처 주었다. 나도 그녀에게 물어보려고 했지만 그녀는 아무 말도 하지 않았다.

분위기가 이상했다. 나는 그녀의 눈에서 눈물이 떨어지는 것을 보았고, 그녀를 껴안았다. 그녀는 아무 말도 하지 않았고, 나는 "좋아요, 원하지 않으시면 계획을 건너뛸 수 있어요. 문제가 해결될 때까지 여기 머물러 있게 해 주세요."

"괜찮아요, 갈 거예요." 그녀는 울면서 말했다.

"아뇨, 하지만 당신이 원하지 않는다면, 우리는 원하지 않아요." 나는 말했다.

그런 다음 그녀는 왜 그곳에 가고 싶지 않았는지, 그리고 그녀가 눈물을 흘린 이유를 말했습니다. 그녀는 자신의 아버지와 어머니가 유명한 우주 비행사였으며 답을 얻기 위해 매우 호기심이 많았다고 말했습니다. 당시에는 기술이 그렇게 발전하지 않았지만 그들은 훌륭한 과학자이기도 했기 때문에 워프 드라이브 기술을 개발했습니다. 그들은 다른 국가의 도움으로 이 기술을 개발한 사람들이었고 성공했습니다. 그들은 나를 관리인에게 맡기고 우리가 가던 것과 같은 임무를 수행했지만 다시는 돌아오지 않았습니다. 나는 매일 우주 전화로 그들과 통화하곤 했는데, 어느 날 그들이 우주로 더 멀리 갔을 때 우리의 연결 시간이 끊어졌습니다. 두 사람만 탈 수 있는 작은 배였기 때문에 배에는 두 명뿐이었는데, 어느 날 그들로부터 메시지를 받았지만 이상했습니다 —-

"아니, 그만해, 하지마. 우린 여행자잖아, 안 그래?"

10년도 더 전에 그들에게서 받은 마지막 음성 메모였다. 우리는 그들이 목적지, 신의 행성에 도착했다고 생각하지 않습니다. 그래서 모든 것이 소문일 뿐이라고 합니다. 나는 이것을 이해했고, 실제로 무엇이 끝인지 알고 싶었다. 공허에 대한 나의 의심은 이미 해소되었다. 내 행성을 구하고, 그들을 막고, 답을 알기 위해 우리는 둘과 함께 여행을 시작했지만 그 전에 그 행성에서 온 소년 알렉을 도와야 했습니다.

"너무 늦은 것 같아요." 내가 말했다.

"아뇨, 헛소리 그만하세요. 우리는 웜홀을 수색하고 가서 직접 그곳으로 가서 그를 구할 것입니다."

"알았어, 알았어." 내가 말했다.

우리는 워프 연료를 보충하고 그 웜홀을 찾아 나섰고, 운이 좋게도 우리는 그것을 발견하고 통과하여 그 행성에 도착했고, 우리는 블랙홀이 더 이상 거기에 있지 않다는 것을 알았습니다. 우리 둘 다 충격을 받았고 그가 죽거나 누군가에 의해 구해졌는지 어떻게 해야 할지 몰랐고, 우리가 여행을 시작했다고 생각하면서 알 방법이 없었습니다.

우리는 국장으로부터 경로까지의 공간 지도를 받았는데, 그것은 그녀의 부모님에게 주신 것과 같았습니다.

에이바는 우리가 많은 행성 사이에서 멈춰야 하고 어쩌면 은하계를 여행해야 하며, 우리 앞에 무엇이 있는지, 어쩌면 평행 우주, 심지어 우리가 상상할 수 없는 지옥도 모른다고 말했습니다.

우리는 여행을 계속하기 위해 식량과 연료가 필요합니다. 우리가 문명화된 세계를 발견하고 그들에게 연료와 식량을 요구한다면 우리는 멈출 것입니다. 만약 그들이 변형된 존재였다면, 우리는 그 사이에 죽었을지도 모른다. 또한, 준비되셨나요?

나는 그렇다고 대답했고, 우리는 그 장소로 이동하기 시작했다.

"이제 다음 목적지에 도달할 수 있는 시간이 100 년 남았습니다. 우리는 그 시간 안에 100 광년을 여행할 것이고, 우리의 연료도 그것을 위해 충분할 것입니다. 지구에서의 시간은 우리가 밖으로 나갈 때, 보통 빛의 속도로 여행할 때 거의 멈출 것입니다. 우리는 10 년이 지나고 지구는 100 년이 지났지만 이 특별한 반물질 기술 때문에 그 과정이 역전되어 이제 우리가 우주에서 1000 년 이상을 보내면 지구에서 보낸 시간은 10일밖에 되지 않을 것이고, 우리의 수십억 년 여행은 지구 사람들에게는 1.5년의 여행처럼 보일 것입니다. 지금은 크라이오 셀로 들어가 봅시다"라고 그녀는 말했습니다

나는 동의하고 냉동 수면에 들어가서 10년 동안 어둠 속에서 잠을 잤다.

10년 후

우리는 깨어났고, 냉동 장치 때문에 늙지 않았습니다. 그때 우리는 아직 20살이었다. 우리는 연료가 거의 고갈될 것이라는 것을 알았고 극저온에 유지 보수가 필요합니다. 모든 극저온 챔버는 냉각이 필요하며 때로는 10-15년마다 유지 보수가 필요합니다. 우리는 한동안 머물 행성을 찾기 시작했습니다. 극저온 챔버는 일반적으로 냉각되는 데 30일이 소요되며 유지 관리는 자체적으로 수행됩니다. 먹을 것이 별로 없었기 때문에 행성을 찾아 15일이 지났고 음식이 거의 다 떨어졌습니다.

우리는 20,000km 떨어진 행성을 발견하고 우주선을 그곳으로 옮기기로 결정했습니다. 지구에 도착하면서 우리는 생물학적 생명체를 찾았지만 문제가 있었습니다. 아시다시피, 우리는 어딘가에서 상품을 얻기 위해 화폐를 가져야 하고, 지구가 선진국 아래에 들어와서 보편적 조약을 맺을 경우 작동할 수 있는 보편적인 화폐를 가지고 있지만, 우리가 가고자 하는 방향에서는 대부분 무법자의 영역이었기 때문에 조약은 유효하지 않았습니다. 우리는 조약이 있는 행성을 찾을 시간이 없었기 때문에 그곳에 갔고 우리가 어떻게 지불할 것인지에 대해 생각하지 않았습니다. 우리가 그들의 우주 정거장에 도킹하고 있을 때, 두 명의 군인이 우리를 맞이하러 왔습니다. 그들은 살을 가진 생물학적 생물이었고, 그들은 "kapar774u 에 오신 것을 환영합니다. 무엇을 도와드릴까요?" 이 행성의 이름은 영어로 번역하면 kapar77u 였다. 그들의 인사가 좋았기 때문에 우리는 그들에게 연료와 숙박을 요청했습니다.

그들은 우리에게 그들의 글로벌 우두머리를 만나라고 말했고, 그들은 외계인에 대해 모든 것을 알고 있는 것처럼 보였다.

지구로 내려가는 길은 놀라웠습니다. 우리는 플랫폼에 서 있었고, 그것은 우리를 2초 만에 행성으로 이끌었습니다. 그것은 매우 빨랐고, 그녀의 기술로도 할 수 없었다. 우리가 행성에 착륙했을 때, 우리는 그것이 지구와 같다는 것을 보았다: 색깔은 달랐고, 모든 것이 검은색과 붉은색이었고, 땅은 검었고, 대기는 붉었다. 두 개의 태양과 다섯 개의 달이 있었다. 우리는 그들의 우두머리에게 가서 우리의 요구 사항에 대해 이야기하고 자신을 소개했습니다. 그는 매우 친절해 보였고 예, 원하는만큼 여기에 머무를 수 있다고 말했습니다. 우리는 매우 기뻤고, 그는 모든 것이 매우 순조롭게 진행되고 있다면 연료를 가져가라고 말하기까지 했습니다. 모두의 오른손에 한 가지 궁금했던 것이 있었는데, 그것은 초록색 타투가 있었다는 것입니다. 물방울처럼 보였다. 그 당시에는 묻지 않았고 나중에 잊어 버렸습니다. 그들은 우리에게 30 일 동안 머무를 방을 제공했고 지불이나 교환에 대해 묻지 않았습니다. 어떻게 그렇게 착한 사람이 될 수 있는지 좀 이상했습니다. 친절은 과거의 일이 되었습니다. 열흘이 지났고, 우리는 그곳에 머물면서 행성을 탐험하고 그들과 즐거운 시간을 보냈습니다. 모든 것이 잘 진행되고 있었습니다. 11 일째 되던 날, 한 경비병이 들어와서 우주에서 멀리 떨어진 사람들, 특히 관광 목적으로 그 행성을 방문하기 때문에 그 행성의 고대 유적을 방문하고 싶은지 물었습니다. 우리는 동의하고 거기에 갔다. 지하철이 있었지만 레일 위에 있지 않고 공중에 떠 있었습니다. 우리는 지하철에 앉아 있었고, 그것은 위아래로 날아다니며 원을 그리며 움직였고, 그러다가 하늘에 터널이 있는 것을 보았습니다. 지하철이 거기로 들어갔고, 모든 것이 검은색이었습니다. 얼마 후 지하철이 멈추고 문이 열렸습니다. 우리는 기차에서 내렸다.

"멋졌지, 그렇지?" 나는 그녀에게 물었다.

"네, 멋졌어요." 그녀가 말했다.

그녀는 매우 행복해 보였고, 이곳에 오기 전에 그녀에게 아주 잘 어울리는 행성의 옷을 입었습니다. 그녀의 검은 머리와 푸른 눈은 그녀의 드레스를 높이 평가했고 그녀는 매우 매력적으로 보였습니다. 나는 하루 종일 그녀를 볼 수 있었다. (심플)

기차에서 내린 후, 우리는 어둠 외에는 아무것도 못했습니다. 모든 것이 텅 비어 있었고 관광객도 없었기 때문에 우리는 약간 무서워했지만 모든 것이 순조롭게 진행되었습니다. 10 분 정도 걸은 후 동굴 안에 해파리 같은 동물이 떠 다니며 모든 어둠에 밝음을 더하는 것을 보았고 매우 아름답게 보였습니다. 그런 다음 우리는 다른 많은 것들을 보았는데, 이전에 이와 같은 것을 본 적이 없었기 때문에 모든 것이 이상하게 보였습니다. 하루 종일 탐험 한 후, 우리 둘 다 음식을 먹을 수있는 식당처럼 보이는 곳으로 갔고, 나는 완전 채식주의자였으며 그녀는 채식과 비 채식을 모두 먹었습니다. 그 행성에는 비건 식품을 위한 충분한 작물이 없었기 때문에 이제 저는 비채식을 먹도록 강요받았고 병에 걸렸고, 우리는 방으로 돌아갔고, 저는 이틀 동안 침대에 누워 있었고, 모두가 스스로 치료하는 분위기 때문에 의사는 없었고 저도 마찬가지였습니다.

우리는 함께 여행하고, 탐험하고, 재미있는 일들을 했고, 마지막 날이 되었고, 우리는 배를 다시 채우고 크라이오 셀에 대한 유지 보수를 마쳤으며, 이제 우리는 아무런 문제 없이 100 년 동안 크라이오 상태에 머물 수 있어 우주에서의 체류를 줄이고 최종 목적지에 도달할 수 있다는 메시지를 받았습니다. 우리는 그들이 우리에게 준 방에서 나와 우리를 우주로 돌려보낼 플랫폼을 향해 움직이기 시작했다.

우리는 그 플랫폼에 도착했고, 두 명의 경비원이 우리를 멈춰 세우며 2.5 싸이가 될 것이라고 말했다. 우리는 그들이 무슨 말을 하는지 혼란스러웠다. 우리는 그들에게 물어보려고 했지만, 그들은 로봇이었고 싸이를 수집하도록 프로그래밍되어 있었다. 우리는 그들을 지나치려고 했지만, 그들은 우리를 붙잡았고, 우리가 통과할 수 없도록 보이지 않는 장벽이 만들어졌습니다. 그 장벽이 움직이기 시작했고, 우리도 움직였습니다. 그들은 우리를 감방에 집어넣었는데, 갑자기 우리에게 무슨 일이 일어났습니다. 마치 우리의 뇌가 이 행성과 직접 연결되어 있는 것 같았고, 우리는 이제 이 행성에 대한 정보를 공급받았지만, 문제는 우리가 기본적인 정보를 얻었을 뿐만 아니라 어떻게든 우리에게 맞지 않는다고 생각했던 정보를 얻었다는 것입니다. 그것은 이 행성의 통화가 여러분의 심령 에너지라는 것이었습니다; 여기서 살아남고 싶다면 싸이를 벌어야 합니다. 이 에너지는 모든 사람의 몸에 존재합니다. 어쨌든, 이 사람들은 그것들을 옮기는 방법을 개발했습니다. 만약 누군가가 무언가를 사고 싶다면, 그들은 그들의 정신 에너지의 일부를 상인에게 주어야 할 것입니다, 왜냐하면 이 행성에서 사람들은 생물학적이기 때문입니다, 그러나 아름다워 보이는 대기는 결함이 있습니다, 그것은 계속해서 당신의 생각하고, 인식하고, 생존하는 능력을 빨아들입니다, 그러나 어떤 사람들에게는, 이것은 문제가 되지 않으며, 그들은 노예로 잡힌 사람들로부터 대부분의 에너지를 빼앗습니다. 여러분이 누군가로부터 이 에너지를 빼앗을 때, 그 사람의 마음은 통제 불능 상태가 되고, 마음이 심장과 같은 신체 부위에 혈액을 펌프질하라는 신호를 보내지 않기 때문에 그들은 죽습니다. 여기서 사람들은 다쳤을 때 그 에너지를 사용하여 스스로를 치유합니다. 치유될 때마다 몸의 일부분이 화상을 입습니다. 그래서 기술을 사용하여 종을 구함으로써 싸이는 이 행성에서 교환의 매개체가 되었습니다. 우리는 눈 앞에 우리가 얼마나 잠을 잤는지 보여주는 스크린을 받았습니다. 그들은 우리가 모르는 사이에 이미 우리에게 무언가를 설치했습니다. 우리 둘 다 2.70p 를 보여주는 숫자가 있었습니다. 그 2.70p 는 우리가 가진 에너지의 양입니다. 그것은 건강한 모든 사람이 가져야 할 정상적인 에너지입니다. 갑자기 그 2.70p 가 치유되면서 2.30p 로 떨어졌습니다.

"교도소에 오신 것을 환영합니다." 촌장이 말했다

"이게 무슨 뜻이냐? 진작에 얘기해줬어야 했다"고 말했다

"하지만 그렇다면, 어떻게 기꺼이 함정에 빠질 수 있겠는가?"

"뭐야 씨발? 우리를 풀어 주십시오. 싸이씨는 안 드릴 거다"라고 밝혔다.

"당신의 허락이 필요합니다. 당신은 감옥에 있습니다, 하하하하."

"우리를 풀어 주십시오. 당신은 우주의 법칙을 어기고 있습니다."

"법 na na na na "

"뭐라고?"

"여기서는 아무것도 할 수 없어요. 그 돈을 우리에게 주어야 합니다. 여러분은 많은 서비스를 이용했습니다"라고 그는 말했습니다

"이게 너희 화폐인 줄 알았더라면 절대로 여기까지 오지 않았을 거야."

"하지만 넌 해냈어, 친구야."

"꺼져, 우리를 풀어줘."

"누군가 그들에게 욕설은 여기서 벌금의 한 가지 싸이라고 말합니다. 그것은 당신이 5 정신적으로 벌금을 물었다는 것을 의미합니다. 이제 이리로 오세요. 너한테서 싸이의 모든 걸 받아낼 수 있게 해줄게."

우리는 "아니요"라고 대답했습니다

여기서 화폐가 사이킥 에너지라면 모두가 살아남을 수 있도록 누군가 그 규칙을 만들었을 것이라고 생각했지만, 모든 것을 사다 보니 욕심이 생기는 사람들도 있고, 충분히 가지고 있어야만 살아남을 수 있다고 생각했습니다. 모두가 욕심이 많고 다른 행성 종을 이런 종류의 함정에 빠지게 만듭니다. 우리는 그들이 함정에 빠뜨려 목표를 달성하기 위해 얼마나 많은 사람들을 죽였는지조차 모릅니다. 이 기술을 사용하면 1.02pB 였던 싸이 치프의 양도 볼 수 있습니다. 그는 102 만 명의 싸이를 가지고 있었고 여전히 더 많은 것을 원했습니다. 그것은 다른 행성들과 똑같았다: 부패와 탐욕은 어디에나 있다. 싸이를 내놔도 미쳐 죽겠지. 그는 교도소를 열고 우리에게 더 가까이 다가오기 시작했습니다. 그는 우리를 어떻게 할 것인가? 그는 손가락으로 에이바를 가리켰고, 나는 그녀의 싸이 수치가 감소하는 것을 볼 수 있었다. 나는 즉시 그를 밀쳤고, 그녀는 기절하고 말았다.

"글쎄, 글쎄, 친구야, 네가 해야 해."

"아니, 그냥 놔둬. 왜 더 많은 것을 원하십니까? 충분하니?" 라고 물었다.

"글쎄, 어차피 넌 죽을 거야. 제가 말씀 드리자면, 이 싸이 카운트는 단지 생존을 위한 것이 아니라, 만약 우리가 일정량에 도달한다면, 우리의 뇌는 이것만으로도 한 종을 파괴할 수 있을 정도로 강력해질 것입니다, 음, 저의 주요 계획은 우리의 영토를 다른 행성으로 확장하는 것이지만, 그것들은 제가 만든 우리 시스템처럼 개조되어야 합니다.

아, 한 가지 더: 모든 것이 내 계획에 따라 이루어진다. 그 분위기는 아무것도 아닙니다. 그것은 내가 만들었습니다. 사람들은 이 힘에 대해 모르고, 나는 알고 있었기 때문에 그것을 법으로 만들었고, 사용된 기술 또한 내륜을 지배하기 위한 나의 창조물이다. 이것이 유일한 방법입니다. 나는 내 사이킥 에너지로 행성을 쏘아야 하고, 그러면 우리 시스템처럼 테라포밍할 거야."

그가 말을 하고 주의를 기울이지 않는 동안, 나는 그녀를 데리고 도망가려고 했지만, 그는 나를 보고 우리를 쏘라고 명령했다. 나는 어떻게든 총알을 피하고 계속 달렸다. 그녀는 깨어났고, 나는 그녀가 총을 가지고 있는지도 몰랐고, 그녀는 그 두 명의 경비원을 쐈습니다.

추장은 한 무리에게 우리를 추격하라는 명령을 내렸다. 나는 기회를 엿보고 경비병 한 명에게 총을 겨눴다. 요리사가 아무것도하지 않는 것이 이상했습니다. 우리 둘 다 달리고 있었는데, 갑자기 그가 공기탄을 쐈다. 그는 대기 중의 공기를 빠른 총알로 변환했지만 싸이 수는 많이 감소했습니다. 어쩌면 아직 그 힘을 사용하고 싶지 않았을지도 모른다. 그 총알은 내가 어깨에 총을 맞기 전까지는 보이지 않았다. 그녀는 그것을 보고 거기서 멈춰 서서 나에게 달려갔지만 경비원의 복부에 총을 맞고 기절했습니다. 나는 무작위로 총을 쏘기 시작했고, 서장은 그것들을 피하고 있었다. 일부 경비병들은 목숨을 바쳐 서장 앞으로 나오기도 했다. 어쩌면 이게 끝일지도 모른다고 생각했다. 우리는 도망칠 수 없는 단순한 인간이었지만 갑자기 무슨 일이 일어나 뾰족한 산이 나타나 추장과 모든 경비병을 찔렀습니다. 피가 온 땅에 흘렀고, 그들은 모두 죽었습니다.

그 후 나는 그녀가 스스로를 치료하면서 그녀의 싸이가 좋은 속도로 감소하는 것을 보았지만 치유 과정에서 그녀가 죽을 수 있다는 것은 위험했고 어떻게 해야 할지 몰랐습니다. 그래서 나는 그 여자를 등에 업고 연단을 향해 달려갔습니다. 플랫폼이 무방비 상태였기 때문에 우리는 어떻게든 역에 도착했지만 문제는 거기에 있었습니다.

20 명으로 이루어진 군대가 있었는데, 활동하는 사람은 나뿐이었습니다. 그녀는 몸이 좋지 않았다. 나는 가지고 있던 총으로 다시 총을

쐈다. 나는 두려움에 떨고 있었고 손이 떨리고 있었다. 사람을 죽이고 싶지는 않았지만 다른 선택의 여지가 없었기 때문에 죽였습니다. 나는 총을 쐈고, 그들 중 10명이 쓰러졌다. 눈치채지 못했을 때 뒤통수를 찔려 버려, 이제 피를 흘리는 것은 나였기 때문에 회복이 시작되어 싸이 포인트도 줄어들고 있었다. 나는 무엇을 해야할지 몰랐다. 그들은 우리에게 더 가까이 다가오고 있었다. 이상한 일이 다시 일어났고, 같은 바위가 와서 그들을 찔렀습니다. 그들은 모두 그 자리에서 죽었습니다. 이제 도망칠 수 있는 기회가 생겼지만, 싸이 수의 감소를 어떻게 막아야 할지 몰랐다. 나는 어떤 사람이 나에게 자기 쪽으로 오라고 말하는 것을 보았다. 그는 그들의 사람들처럼 보이지 않았다. 나는 그에게 총을 겨누고 천천히 그에게로 갔다.

"두려워하지 마십시오. 나는 당신의 적이 아닙니다. 나는 한때 여기에 갇혔다. 그들은 나를 죽이려고 했지만, 나는 당신이 어떻게 당신과 그녀를 구할 수 있는지 알고 있습니다."

"말해 보세요." 나는 출혈과 싸이 수치가 감소하여 거의 기절하려고 할 때 말했다. 그는 내 머리를 가리켰다. 불이 들어오더니 내 싸이 수치가 증가하기 시작했고 5 분 만에 회복되었다. 그런 다음 그는 이 행성의 사이코 카운트는 유전 코드가 동일하다면 쉽게 전달될 수 있다고 말했습니다. 확인해보니 우리도 마찬가지였다.

그러나 그녀는 다른 코드를 가지고 있었고 그녀를 구할 수 있는 유일한 방법은 당신의 코드를 그녀에게 변환하는 것, 그는 오랫동안 누군가를 알고 있는 사람만이 할 수 있다고 말했습니다.

"방법을 말해 보시오." 내가 물었다.

"좋아, 먼저 그녀의 DNA 를 얻어서 그녀의 타액이 필요하게 만들어야 해. 그것을 가져다가 손에 문지르고, 그런 다음 그녀의 배에 손을 엎으십시오. 나는 내 손을 너에게 향하게 함으로써 내 에너지를 너에게 전달할 것이고, 너는 그녀를 옮길 것이다."

"알았어, 해보자. 그녀를 구해야 해."

부끄러웠지만 어쩔 수 없다는 것이 중요했기 때문에 그가 말한 대로 했고, 그녀의 입에 손가락을 넣어 그녀의 침을 채취했습니다. 내 손이 그것을 만졌고 우리의 DNA가 연결되었다. 나는 그녀의 갑옷을 벗기고, 그녀의 옷을 들어올리고, 그녀의 배를 만지면서 내 안에서 어떤 감각을 느꼈다, 그것은 마치 무언가가 나에게서 그녀에게로 이동하는 것 같았다, 그녀는 깨어났고 우리의 싸이는 중립적이 되었다 그녀는 회복되었고 내가 그녀의 배를 만지는 것을 보았고 그녀는 뒤로 물러서서 말했다. "지금 뭘 하고 있다고 생각해?"

너무 부끄러워서 아무 말도 할 수 없었습니다. 그녀는 무례하고 부끄러운 표정을 짓고 배로 갔다. 우리를 도와준 그 소년에게 고맙다고 말하려고 했습니다. 하지만 그는 이미 사라진 뒤였다. 군인들이 더 오는 소리가 들렸다. 우리는 배의 문을 닫았지만, 군인 한 명이 들어와 총을 쏘기 시작했습니다. 총알은 생명 유지 장치에 명중했고, 산소가 감소하기 시작했다. 나는 총을 가지고 있었기 때문에 그를 쏘아 죽이고 밖으로 던져 버렸다.

"도크를 관리하십시오. 산소가 다 떨어지기 전에 시스템을 고치겠다"고 말했다

"알겠습니다." 나는 말했다

얼마 후 산소 농도가 정상으로 돌아왔고 우리는 그 행성을 떠나 우주로 갔습니다. 우주선을 자동 조종 모드로 설정한 후 의무실로 가서 로봇이 우리의 기술을 제거했는데 그 기술은 우리에게 psy 수준을 보여주었고 제거되면서 그것은 자폭한 것처럼 허공으로 사라졌지만 우리나 우주선에 어떠한 피해도 입히지 않았습니다.

어머니는 이틀 동안 저에게 말을 하지 않으셨고, 저는 어머니에게 무슨 일이 있었는지

말씀드리는 것조차 매우 부끄러웠습니다. 나는 외로웠고 어떻게 그녀에게 모든 것을 말해야 할지 몰랐지만, 마음을 굳혔고, 마침내 그녀에게 모든 것을 털어놓았다.

그녀는 "왜 진작 나한테 모든 걸 말하지 않았어?"

"애초에 너무 부끄러웠고, 너의 반응을 보고 나니, 내가 경계를 넘었다고 생각하기 시작했으니까, 너는 다시는 나와 이야기하지 않을 거야."

"당신이 내 목숨을 구해줬어. 네, 방법은 부끄럽지만 괜찮습니다. 우리는 모두 안전합니다. 그것이 중요한 것입니다. 그리고 내 침을 가져가서 만진 것도 너였으니까 매트가 안 됐어..."

"뭐라고?" 라고 물었다.

"아무것도, 아무것도," 그녀의 얼굴이 빨개진 채 말했다.

"그래서 우린 이제 괜찮아?"

"물론이지, 이 바보야." 그녀는 평소와 같은 어조로 말했다.

그녀는 웃기 시작했고, 마침내 우리 사이의 모든 것이 정상이 되었다.

"이봐, 내가 너한테 하고 싶은 말이 있어." 내가 말했다.

"맞아요." 그녀가 물었다.

"글쎄요, 그게 뭔지는 모르겠지만, 당신이 기절했을 때 그 행성에서 빛나고 있던 유물을 봤는데, 가까이 다가가자 사라졌어요."

"이상하네요." 그녀가 말했다.

"그것에 대해 뭔가 알고 있니?" 라고 물었다.

"아뇨." 그녀가 말했다.

그런 다음 이 주제는 다시는 나오지 않았고 연료를 채우고 유지 보수를 완료했지만 긴 여정이 우리 앞에 있었습니다. 우리에게는 아직 많은 광년이 남았습니다. 이번에는 크라이오가

100-300년 동안 잠을 자게 할 수 있기 때문에 크라이오에 가서 잤습니다. 우리는 배가 흔들리는 소리에 깨어났고 2000년이 지났고 냉동 유지 보수가 종료되어 2년이 된 것을 보았습니다. 우리는 무슨 일이 일어났는지, 왜 그런 일이 일어났는지 알지 못했습니다. 우리는 우리가 생각했던 것보다 훨씬 더 멀리 떨어져 있었다. 우리는 우리가 세 개의 태양이 있는 태양계 안에 있는 것을 보았고, 그 사이에는 은색 구체가 있었다. 그것은 우리가 전에 결코 못했던 것이었다. 지도를 확인해보니 올바른 길을 가고 있었지만 뭔가 이상했습니다. 지도는 우리가 센티푸커스 별 2개계에 있다고 보여주었지만, 별 세 개가 있었습니다. 이상했다. 그때 밖에서 소리가 들렸다. 주 엔진을 점검하러 갔는데 워프 엔진이 고장 났습니다. 우리에게는 비행기를 탈 수 있는 선택권이 없었습니다. 우리 우주선은 이제 막 우주로 떠오르고 있었기 때문에 우리는 근처의 행성을 방문하기로 결정했습니다. 세 개의 행성이 있었고 그 중

하나는 골디락스 영역에 있었기 때문에 우리는 그곳에서 생존할 수 있었습니다. 그곳에는 우주 정거장이 세워지지 않았습니다. 인공위성조차 없었다. 우리는 이 행성이 생물학적 존재로 구성되어 있는지 확인하면서 이 행성이 개발 중인 행성이라고 가정했습니다. 우리는 행성에 착륙하려고 했지만, 대기권에 도달했을 때 무언가가 우리를 강하게 때렸고, 이미 손상된 우리 우주선이 떨어지기 시작했습니다. 우리 배는 두 부분으로 나뉘기 시작했고, 그녀는 그 사이로 떨어졌다. 우리는 표면에 매우 가까웠습니다. 우리는 이제 헤어졌고 먼 세상에서 서로를 어떻게 찾아야 할지 모릅니다.

챕터 4

우리 배는 생물학적 생명체를 찾을 수 없는 세상에서 추락했습니다. 내가 이곳에 도착한 이후로 나에게 무슨 일이 일어나고 있었다. 나는 내 주위에 무언가가 있다는 것을 느낄 수 있었지만, 물리적으로 아무도 없었다. 우주선은 심하게 손상되었고 추적기는 작동하지 않았습니다. 추적기 없이는 Ava를 찾을 방법이 없었습니다. 표면의 중력이 매우 낮았기 때문에 저는 공중에 떠 있었습니다. 산소가 없었다. 우주복은 산소가 0%인 것으로 나타났습니다. 분위기는 없었다. 그래서 하늘이 없었습니다. 내 위에만 공간이 보였다. 태양은 매우 밝았습니다. 갑자기 누군가가 나를 지켜보고 있다는 느낌이 들었다. 나는 배에서 가방을 꺼내 나중에 배를 찾을 수 있도록 비콘을 켰다. 어쩌면 나는 남은 생애 동안 여기에 발이 묶이게 될지도 모른다.

나는 북쪽에서 걷기 시작했다. 푸른 모래가 있는 사막 지역이었습니다. 날씨는 더웠고 물도 없었습니다. 10 시간 이상 걸었지만 트래커를 수리해야 했습니다. Ava 가 보여준 것처럼 만일을 대비하여 추적기를 수리하는 방법을 알고 있었습니다. 트래커의 마더보드는 안전했지만 메인 화면 구성 요소가 고장났기 때문에 작동해도 아무것도 볼 수 없었습니다. 먼지와 모래를 유리에 제련해야 했고, 그런 다음 이를 제거하여 스크린을 만들 수 있었습니다. 사방에 먼지가 있었기 때문에 몇 개를 가져 갔지만 여전히 문제가있었습니다. 어떻게 제련할 수 있을까요? 산소가 없었기 때문에 불을 사용할 수 없었습니다.

나는 배에서 전선이 나오는 것을 보았다. 어쩌면 전기로 열을 낼 수 있을지도 모른다고 생각했고, 배 안에 산소가 있다고 생각했습니다. 어쩌면 나는 불을 낼 수 있을지도 모르기 때문에 이 방법을 시도했고 효과가 있었습니다. 이제 먼지를 제련하고 유리를 준비한 후 유리를 청소하기 위해 비상 키트의 화학 물질을 사용했습니다. 이제 화면이 트래커에 성공적으로 설치되었지만 켜지지 않았습니다.

"여기서 무엇이 문제입니까?"

"거기 있던 그 일이 이것을 바꿨고, 이것이 끝났다."

"아, 고맙습니다."

"응? 무엇? 잠깐만요?"

나는 순간 깜짝 놀랐다. 그곳에는 아무도 없었다. 나는 어떻게 누군가의 말을, 누군가의 목소리를 들을 수 있었을까? 내 트래커가 수정되었습니다. 나는 그 생물이나 사람이 그것을 잡았을 때 내 추적기가 떠 있는 것을 보았습니다. 나는 그것이 무엇을 말하고 있는지 몰랐다. 이상했다, 아주, 아주 이상했다. 컴퓨터에 따르면, 이 행성에는 생명체가 없는 것으로 여겨졌고, 사용할 수 있는 산소도 없었다. 도대체 어떻게 내 모국어를 구사하는 사람이 여기에 존재할 수 있단 말인가? 뭐야? 어떻게? 나는 무서웠다. 나는 오른쪽과 왼쪽을 살폈다. 아직 아무도 없었지만, 누군가의 존재를 느낄 수 있었다. 갑자기, 내 또래의 소년이 땅에서 솟아올랐다. 이런 일이 일어나는 것을 본 것은 이번이 처음이었습니다. 왠지 멋졌어요.

"환영한다, 투명의 세계에 온 여행자여." 소년이 말했다

"고맙습니다, 그렇겠죠?"

"그럼 이곳은 무엇이고, 다른 곳은 어디에 있으며, 투명의 세계는 무엇을 의미합니까?" 라고 물었다

"여행자, 질문이 많으신 것 같은데, 먼저 우리 마을로 오셔서 차 한 잔 하시오."

"차, 여기 차 마셔?" 라고 물었다.

"네, 여행자님."

그는 여행자라는 단어를 많이 사용하고 있었고 말투가 매우 이상했지만 나쁜 사람처럼

보이지는 않았습니다. 나는 그와 함께 마을에 갔고, 길이 너무 이상해서 그는 나에게 그의 손을 잡고 숨을 참으라고 요청했고, 우리가 물 속으로 들어가는 것처럼 말했지만 우리는 그렇지 않았습니다. 내가 숨을 잡고 그의 손을 잡았을 때 그는 뛰어내리고 내려와 무가 되었습니다, 그와 나는 우리 주변에 별과 해파리가 있는 어두운 곳에 있었습니다. 하지만 그것은 물도 아니었고, 우주도 아니었고, 다른 무언가였어, 내가 생각지도 못했던 것, 내가 우주에 들어가서 행성들을 방문하거나 충돌한 이후로, 나는 절대 존재할 수 없다고 생각했던 아주 이상한 것들을 보고 있었어, 우리가 착륙한 점프 후, 누군가 나를 땅에서 벗겨내는 것 같았어. 그곳에는 아무도 없었다. 그곳은 텅 비어 있었고 하늘은 검었지만 달은 없었다. 나는 하늘에서 이상한 생물을 볼 수 있었는데, 그 생물은 마을 전체에 달을 대신할 빛과 같은 원천을 주고 있었다. 그렇지 않으면 특별한 장비 없이는 너무 어두워서 볼 수 없을 것입니다.

그는 다른 언어로 뭔가를 말했다: "OKUINASK PLIOVBHU MKJIHGNPLKIJKH NOK HUSA NOK BIL OKUINASK."

그 후 많은 사람들이 나타나기 시작했습니다. 어쩌면 그들은 내가 모르는 누군가에게 자신을 숨기려고 했을지도 모른다. 그 후, 그들은 그곳에서 나를 진심으로 환영했고 내 언어로 말하기 시작했습니다. 갑자기 그들 중 한 명이 "여행자들이여, 우리를 구해주세요"라고 말했다.

옆에 서 있던 생물은 그녀를 꾸짖으며 "소란을 일으켜 미안하다"고 말했다.

나는 그들이 무슨 말을 하는지 몰랐지만, 나는 그들에게서 매우 나쁜 느낌을 받고 있었다. 아까 만났던 그 소년이 말했다.

"여행자, 여기 있어. 배를 수리하고 동료를 찾는 데 도움을 드리겠습니다."

"응? 어떻게 알았어?" 나는 이상한 목소리로 물었다.

"우리는 여행자의 마음을 읽을 수 있기 때문에 당신이 어떻게 여기에 있는지, 무엇을 원하는지, 어디로 가고 있는지 알고 있습니다."

"뭐라고?"

"규모만 놓고 보면 우리는 5세대입니다."

"뭐? 와우"

이 세대는 그들이 기술적으로 얼마나 진보했는지를 결정하는 척도에 대해 이야기했습니다. 그것은 매우 놀랍습니다. 이것이 바로 그들이 2차원과 3차원 사이에서 형태를 전환할 수 있는 이유입니다. 이번에는 아주 독특한 행성에 착륙했는데, 멋지긴 했지만 그녀를 찾아야 했습니다.

"지금 그녀를 찾아야 해, 제발 도와주세요." 나는 말했다.

"여행자, 당신은 쉬어야 합니다."

"아뇨, 괜찮아요."

그리고 어지러움을 느꼈습니다. 내 부상이 내부에서부터 뭔지 알고 있었던 것 같다. 그래서 쉬라고 하더라고요. 그들은 나와 내 정신에 대한 모든 것을 알고 있었다. 무섭기도 하고 재미있기도 했다. 그들은 나를 집으로 데리고 갔습니다. 잘 보이지는 않았지만 육각형 타입의 형태였습니다. 그것은 매우 작았지만 내부에서 보면 거대했습니다. 그들은 나를 객실로 데려갔고, 나는 거의 하루 동안 거기서 쉬었다. 그들은 나도 치료해 주었는데, 왜 그렇게 나에게 친절했을까? 그 심령 화폐 행성 같은 것일까?

떠다니는 침대에서 깨어나 그 집에서 나가려고 했지만, 집이 너무 커서 빠져나갈 길을 찾을 수 없었습니다. 그러자 그 소년이 와서 말했습니다.

"자, 내가 너를 데리고 나가겠다. 이제 완치되었으니 아무도 너를 막을 수 없을 거야."

"모든 것에 감사합니다." 나는 말했다.

그 후 그들은 나에게 음식과 음료를 줬고, 그들은 맛있었습니다.

"이제 음식 줘서 고마워요, 제발 엄마를 찾도록 도와주세요." 나는 말했다.

"추적기 좀 봐, 여행자." 그들이 말했다.

"하지만 그건 배 안에 있어. 그때 돌아가야 해." 나는 말했다.

"그럴 필요 없어. 우리는 당신의 배를 수리해서 당신이 잠든 사이에 여기로 가져왔습니다." 그들이 말했다.

"와우, 완전히 새것처럼 보이네요. 분리했던 부분도 이제 연결됐고, 연료도 다시 채워졌다"고 말했다.

나는 그들에게 많이 감사했다. 그들은 매우 좋은 사람들이었습니다. 추적기를 보니 내 위치에서 200 떨어진 위치를 얻었고, 방향은 북쪽이었는데, 이는 그녀가 표면이 아니라 이 차원에 있었다는 것을 의미한다. 그녀도 나처럼 좋은 사람들을 찾았으면 좋겠다. 나는 그들에게 이 위치가 어디냐고 물었고, 나는 그곳에 가서 그녀를 만나고 싶다. 위치를 확인한 후, 그들은 모두 2 차원의 형태로 돌아갔다. 그들은 무서워했습니다, 아주 무서웠습니다. 그러자 소년이 나와서 말했습니다.

"여행자, 안으로 들어오세요. 나는 당신의 모든 질문에 대답 할 것입니다."

"하지만 나는 그녀를 찾아야 해." 내가 말했다.

"그렇다, 그 답들은 여행자들에게 도움이 될 것이다"라고 그는 말했다.

나는 그와 함께 안으로 들어갔고, 우리는 앉았다. 그는 나에게 모든 것을 말하기 시작했고, 내가 그들에게 이 위치를 보여준 후 사람들이 왜 무서워했는지를 말하기 시작했다.

예전에는 우리가 그림자 속에 숨지 않고 지상에서 살았는데, 어떤 일이 일어나서 우리가 이렇게 살게 됐다고 했다. 우리는 이 존재를 좋아하지 않습니다. 우린 모두 함께 있었어, 우리가 우리의 형태를 원래의 형태로 바꿨다면 너처럼 보였어. 다섯 명이 탐험을 위해 여행자로 우리 세계에 왔고, 우리 땅의 푸른 흙은 시간을 멈추거나 게임처럼 되돌릴 수 있는 귀중한 자원입니다. 우리는 전에 이것에 대해 몰랐습니다. 우리는 그것을 평범한 모래로 생각했고 3세대에 갇혔습니다. 우리는 다른 행성, 워프 드라이브, 은하 에너지에 접근할 수 있지만 시간은 사라졌습니다. 이제 시간을 찾은 후, 그것은 우리가 우리의 형태를 바꾸는 데 도움이 되었습니다. 그것은 아무도, 심지어 5대째도 모르는 비밀이다.

"멈춰, 그만해."

"네,"

"비밀이라면 왜 이 모든 것을 나에게 말하고 있는 거냐"며 "그녀에게 연락할 수 있는 방법을 가르쳐 달라"고 말했다.

"참을성 없는 여행자인 것 같지만, 부디 내 말을 들어주길 바란다. 왜 이런 말을 하는 거지? 그것은 우리가 여러분을 신뢰할 수 있기 때문입니다. 우리가 마음을 읽을 수 있다는 걸 잊었어?"

이 말을 들으니 부끄러웠습니다. 칭찬을 많이 받지는 않아요. 그는 이야기를 계속했습니다.

5 세대가 된 후에도 우리는 여전히 육지에서 살았고, 도시가 있었고, 모두 지구와 같았습니다. 우리는 5021 년에 살고 있었지만, 이제 그 5 때문에 우리는 이전처럼 생물학적 형태로 지구를 방문할 수도 없습니다. 우리는 많은 전쟁에서 싸워 이겼다. 처음에는 우리 민족 사이에 땅과 돈을 놓고 싸우는 갈등이 있었지만 우리의 한 번의 선택으로 그것을 멈추고 3 세대에 이르는 우주 여행이 가능해졌습니다. 이제 당신이 그곳에 가고 싶다고 말했을 때 왜 그 사람들이 무서워했는지 말해 주겠습니다. 그곳은 그림자 너머에 있다. 그곳은 아쉬카에 속한다. 이 아쉬카는 우리 행성을 점령하고 다른 무법자들에게 푸른 모래를 공급하는 공장으로 만들어 그들이 범죄를 계속할 수 있도록 한 다섯 사람 중 한 명입니다. 그곳은 아쉬카의 지역이다. 그림자 속에서도 들어갈 수 없습니다.

그곳에 가려면 죽어야 하고, 어떻게든 그곳에 들어가도 다시 돌아올 수 없습니다. 당신의 친구, 우리는 그녀가 살아 있을지 없을지, 설령 살아 있다 하더라도 그들이 그녀에게 어떤 고문을 가했는지 모릅니다.

그 말을 듣고 나니 무서워졌어요. 제가 지구에 있었을 때 저는 그저 어린아이였습니다. 주먹을 칠 줄도 몰랐지만, 여행을 하면서 크라이오는 저에게 힘을 줬는데, 그 안에 있으려면 좋은 마음과 체력을 가져야 하고, 유일한 친구인 그녀를 살리기 위해서는 죽어서라도 싸워야 하기 때문입니다.

"무슨 소리야, 5세대 사람들은 평행우주와 차원 사이를 여행할 수 있는 기술을 가지고 있는데, 너는 그 멍청한 녀석들을 무서워하는 거야?" 제가 말했어요

"그래, 우리는 5등이지만, 그들은 우리보다 위에 있어. 그들은 소문으로 알려진 자살하지 않고 우주 반대편으로 가는 방법을 터득하고 살아서

돌아왔습니다. 그들은 우리의 꿈에 들어와서 우리를 고문할 수 있고, 우리는 그렇게 할 수 없습니다. 그들은 5.7 GEN 의 수준에 도달했으며 신이 될 뻔했습니다. 우리는 그들이 신의 땅, 무한, 시간이 존재하지 않는 곳, 모든 것과 모든 사람의 끝에서 왔다고 들었습니다.

"무슨 신의 세계? 우리의 주요 목표는 그곳에 가는 것입니다. 우리는 모든 것을 배우고 싶고 지구가 죽어가는 것을 구하고 싶어합니다. 신이 이런 건가?"

"우리가 들은 바에 따르면, 이 사람들은 권력을 얻었지만 모든 사람을 배신하고 불경한 욕망 때문에 자기 땅에서 도망친 사람들입니다. 그들은 죽을 수 없고, 우리조차도 죽일 수 없다."

그는 나에게 말하기를, 살해당한 그들의 도시 출신의 곽이라는 남자가 이 행성뿐만 아니라 다른 행성에서도 군대를 모아 그들을 죽이려고 했다고 말했다. 그들은 모두 순식간에 죽임을 당했습니다. 곽씨는 죽지는 않았지만 많은 고문을 당했다. 그들은 사람들을 고문하는 것을 좋아하며, 그의 한 가지 실수 때문에 모든 사람이 많은 고통을 겪었습니다. 곽씨와 그의 가족은 둘 다 반대편으로 끌려갔는데, 그곳은 특정한 방식으로 죽지 않고는 아무도 들어갈 수 없는 곳이지만, 누군가 들어가면 다시 돌아올 수 없는 곳이었다. 곽씨는 용감한 사람이었고 그곳에서는 아무도 제대로 죽을 수 없기 때문에 많은 고문을 겪었습니다. 고문하기에 가장 좋은 장소입니다. 그들은 다른 사람들의 비명을 듣는 것을 즐기며, 그들은 신의 반대편에 있습니다. 그들은 마귀들입니다. 곽씨의 시신은 그들이 무엇을 할 수 있는지 보기 위해 우리에게 돌려보냈고, 그의 손가락은 잘렸다. 그들은 그의 머리를 반으로 자르고 그들의 힘으로 그의 몸 속으로 들어가 그를 안에서 찢어 버렸다. 그는 자신의 형태를 바꾸는 것조차 자신을 보호할 수 없었다. 그의 힘은 그에게서 거두어졌다. 그의 가족도 심한 고문을 받았고, 여성들은 그들에게 성적으로 고문을 당했다. 그들은 그들을 장난감처럼 사용했고, 그들의 욕망이 충족된 후에는 그들을 가혹하게 죽였다. 그 사건은 우리의 생활 방식을 바꾸어 놓았습니다. 우리는 어쩔 수 없이 어둠 속으로 들어갔다. 그들은 우리가 표면에서 살기를 원하지 않았기 때문에 우리는 모래에 접근할 수 없었습니다. 그들은 10 년 동안 모래를 수집하고 채굴해 왔지만 우리는 그것에 대해 아무것도 할 수 없습니다. 그래서 모두가 두려워하고 무서워했습니다. 나는 그에게 반대편이 그렇게 다른지, 추적기가 어떻게 그녀를 감지할 수 있는지 물었다. 그는 반대편은 달랐지만 우리가 있던 같은 공간에 있었다고 말했다. 그곳에 가려면 땅에 누워야 하고 한 사람이 칼로 당신의 등을 땅으로 찌를 것입니다. 그런 다음, 여러분의 영혼은 그곳으로 보내질 것입니다, 왜냐하면 두 세계는 2 차원 공간을 통해 연결되어 있기 때문입니다.

"이 방법에 대해 어떻게 알고 있습니까?"

"곽씨를 살리기 위해 우리가 군인들을 그곳에 보냈거든요. 우리는 많은 방법을 시도했고 우리 조상에 대해 쓰여진 오래된 책을 찾았는데, 그 책에는 그 방법이 포함되어 있었습니다."

"나를 그곳으로 보내소서. 그녀를 구해야 해."

"하지만 너는 돌아오지 않을 거야."

"한 가지 더 여쭤볼게요, 왜 저를 환영해주시고 이렇게 친절하게 대해주셨어요?"

"우리 책은 한 남자와 한 여자가 와서 우리를 구원할 것이라고 말하기 때문입니다."

"그러니까 넌 매번 이러는 거야."

"네."

"아, 그리고 모두가 죽는다고?"

"예"

"그들을 제거할 수 있는 방법은 없을까요?" 라고 물었다.

"무한에 도달하고 모든 답을 얻어야 합니다. 우리 책이 그렇게 말하고 있지만, 아직 아무도 거기에 도달하지 못했습니다."

"아, 그럼 나는 거기로 가겠지만, 우선 그녀를 구해야 해."

"나는 그곳에 갈 준비가 되어 있다. 목숨을 걸고서라도 그녀를 구하고 싶어요"라고 나는 말했다

"당신이 고집한다면, 우리는 더 이상 당신을 막지 않을 것이지만, 우리는 당신에게 무언가를 주고 싶습니다."

"이게 뭐야?"

"곽이 우리에게 남겨준 이 반지를 가져가라. 착용한 사람을 제외한 모든 사람의 시간을 60 초 동안 멈출 수 있습니다. 한 번만 사용하지 않으면 죽을 수 있습니다. 우리 모래는 거기서 작동하지 않아, 이 반지만이 할 수 있어, 그녀를 구하고 돌아올 수 있어, 싸우려고 하지 마."

"알았어, 이제 나를 그곳으로 보내 주십시오." 나는 말했다.

분명히 그 소년은 마을의 영주였으며 그들에게 의식을 시작하라고 말했습니다. 그들은 나를 낡은 마차에 태워 탁 트인 땅, 빈 공간으로 데려갔고, 등을 볼 수 있도록 엎드려 누우라고 말했고, 뒤에서 내 옷의 일부를 가져다가 횃불을 사방에 뿌렸습니다. 그곳이 기술적으로 훨씬 발전한 곳임에도 불구하고 그들은 여전히 그들의 문화를 고수하고 오래된 전통적인 방법을 사용했는데, 우리가 우리의 문화를 떠나는 것에 대해 인상적이었습니다. 기술은 성장하고 있으며 다른 기술에 적응하고 있습니다.

"당신은 많은 고통을 느낄 것입니다. 도와준다고 해도 우리는 멈출 수 없습니다. 우리는 돌아가는 길을 찾기 위한 등대 역할을 할 천 조각을 가져갔습니다. 준비됐어?"

"그래, 날 죽여." 내가 말했다.

그들은 제 등뼈를 아주 세게 찔렀고, 저는 많이 소리를 질렀습니다. 그것은 고통스러웠고, 아주, 매우 고통스러웠다. 나는 도와달라고 소리쳤지만, 그들이 멈출 수 없다고 말하자 칼은 내 등을 찔렀고, 나는 돌아올 때까지 방법이 있다면 말이다. 말 그대로 10분 내내 통증을 느꼈는데, 갑자기 통증이 사라졌습니다. 나는 똑같은 인공물을 보았는데, 그것은 내가 이전에 우리 행성에서 보았던 것과 같은 빛을 발하고 있었다. 칼이 내 몸을 관통하는 것은 여전히 느껴졌지만, 피는 없었다. 모든 것이 어두워졌고, 나는 잠에서 깨어났다.

일어나 보니 모든 것이 달라져 있었다. 나는 사후 세계에 있지 않았다. 나는 반대편에 있었다. 모든 것이 빨갛고 피로 뒤덮여 있었다. 그곳에는 피바다가 흐르고 있었고, 나는 사람들의 비명을 들을 수 있었다. 정말 무서웠고, 저 혼자였어요. 나는 영혼이었지만 이 세상에서는 육신을 가지고 있었다. 하늘은 마치 땅이 된 것 같았다. 위를 쳐다보니 모래로 만든 방의 지붕 같았다. 나는 그곳을 걷기 시작했고 많은 악마들이 인육을 먹는 것을 보았다. 그러나 그 인간은 죽지 않았다. 그는 도와달라고 소리치고 있었다. 죽을 수 없다는 것은 당신이 받을 수 있는 최악의 형벌입니다. 그가 죽는다면 고통은 사라질 것이다. 무서웠지만, 그들이 나를 눈치채지 못하게 하기 위해 나는 조용히 수면 위를 걷고 있었다. 아무도 나를 눈치채지 못했다. 그들은 사람들을 잡아먹기에 바빴습니다. 나는 나보다 거의 10km 떨어진 곳에 큰 성을 보았다. 나는 여기가 그들이 그녀를 숨기고 있는 곳일 것이라고 생각했다. 그래서 저는 성을 향해 갔고, 거의 5km를 걸은 후에, 나는 생각했다, 아, 안전하다고, 그들은 나에게 아무 짓도 하지 않을 것이다. 나는 자유롭게 걷기 시작했다. 두려움이 사라진 것 같았어요. 갑자기 제 발이 나뭇가지 같은 것에 끼어 넘어졌습니다. 실제로 떨어지는 것은 아니었지만 나는 수면에서 튕겨 나와 다시 일어섰지만 거대하고 큰 소리가 났습니다. 그들은 모두 나를 쳐다보며 자기들의 언어로 말하기 시작했다. "kworybdis udiwobd usiwidbsowb distwibdupqb."

그들은 이제 내 차례인 것처럼 표정을 짓기 시작했고 그 사람들처럼 사라지기 시작했습니다. 그들은 하나둘씩 허공으로 사라지고 있었다. 그들은 모두 사라졌습니다, 어디로? 몰라요. 나는 다시 성을 향해 걷기 시작했는데 갑자기 공중에서 한 마리가 나타나 창으로 나를 공격했습니다. 어깨를 심하게 다쳐 고통스러워하며 비명을 질렀지만 참았습니다. 나는 내 안에 있는 검을 느꼈고, 그것을 꺼내 무기로 사용했다. 나는 그들을 칼로 찔렀고, 그의 창은 떨어졌고, 괴물은 죽었다. 추가 무기로 창을 집으려고 했지만 너무 무거워서 잡을 수 없었기 때문에 거기에 두고 다시 걷기 시작했습니다. 이 괴물들은 투명인간이 아니었다. 그들은 나를 공격하기 위해 숨었습니다. 내가 걷고 있을 때, 이 괴물들이 계속 나를 공격하러 왔고, 나는 그들을 죽이기 시작했다. 잘은 모르겠지만, 내 안에서 어떤 힘이 솟아오르는 것을 느낄 수 있었다. 이 몬스터들이 그렇게 약하면 보스도 약하다고 생각했는데 왜 그 사람들은 그를 무서워하는 것일까? 그냥 죽일 수도 있었다. 처음에는 눈치채지 못했지만, 그 괴물들은 나를 죽이려고 하지 않았다. 그들은 칼에 찔리고 싶었다. 그들이 죽임을 당할 때 어떤 종류의 가스가 방출되었고, 나는 행복으로 폭발할 것 같은 매우 기분이 좋아지기 시작했습니다. 나는 내가 왜 여기에 왔는지 서서히 잊어 버렸다. 나는 누구인가?

그때 그녀의 비명 소리가 들렸다. 나는 잠에서 깨어났다. 그들은 내가 모든 것을 잊게 만들고 나중에는 나를 잡아먹을 무언가로 나를 독살하려고 했습니다.

그들이 나를 공격하러 올 때 나는 그들을 죽이는 것을 멈추었고, 그들을 피하기 시작했다. 거의 매번 내가 그들을 쫓아낼 때마다, 마침내 성에 도착했고, 괴물 중 한 마리가 내 배를 찔렀다. 나는 피를 흘리고 있었다. 그런 다음 나는 내 칼로 그를 찔렀다. 많은 통증을 느꼈지만 참으면서 향기가 코로 들어왔고 다시 행복해지기 시작하고 치유되기 시작했습니다. 무서웠지만 동시에 도움이 되었습니다. 그 향기는 나도 치유할 수 있는 약과 같다. 이번에는 내가 왜 여기에 왔는지 잊지 않을 것입니다. 나는 성에 들어갔다. 성은 지구에 있는 나의 집처럼 보였고, 내부와 똑같았고, 나는 내가 어디에 있는지 잊어버리기 시작했다. 갑자기 모든 것이 어두워졌습니다.

나는 침대에서 일어났다. 아침 7 시였는데, 엄마는 나에게 일어나서 학교에 갈 준비를 하라고 하셨다. 나는 일어나서 아침을 먹으러 갔다. 모든 것이 정상이었지만 결코 일어나지 않은 일이 일어났습니다. 캐시에게서 전화가 왔는데, 그녀는 나에게 고백하고 데이트를 신청하기 시작했다. 엄마는 나에게 매우 친절했고 나를 그들과 함께 아침을 먹자고 초대했습니다. 나는 그녀를 향해 걷기 시작했고, 갑자기 어떤 소리가 들렸다.

"멍청한 놈아. 바보 같은 짓 하지 마."

그 목소리는 내가 아는 사람 같았는데, 이 사람은 누구이고 어디서 나는 소리인지, 왜 누군가 나에게 엄마 근처에 가지 말라고 하는 건지, 인생은 처음으로 아주 좋아 보였는데도 왜 멈춰야 할까.

"넌 죽임을 당할 거야. 그녀는 당신의 m 이 아닙니다.."

목소리가 잦아들고, 비명 소리가 들렸고, 엄마는 허공으로 사라지기 시작했고, 집도 점점 사라지기 시작했다. 나는 점점 슬프고 우울해졌다. 나는 울기 시작했다. 무슨 일이 일어나고 있었습니까? 왜 나는 착한 아들이 될 수 없을까? 제발, 누군가 나를 지금 죽여주세요. 저는 이렇게 말하기 시작했고, 갑자기 제가 어디에 있는지, 무엇을 하고 있었는지 기억났습니다. 그녀는 내가 환상을 멈출 수 있도록 도와주었습니다. 그렇지 않았다면 나는 산 채로 그들에게 잡아먹혔을 것이다. 하지만 그 비명은, 그녀가 여기 있다는 것을 확신했다. 나는 그 목소리가 들리는 곳을 향해 걷기 시작했고, 이제 성은 어두워졌다, 아주 어두워졌다. 나는 아무것도 볼 수 없었다. 나는 그저 앞서 들려오는 목소리의 지시를 따랐을 뿐이다. 그 목소리를 향해 걸어가면서, 나는 어떤 괴물도 나를 향해 다가오지 않는다는 것을 알아차렸다. 나는 방으로 걸어 들어갔고, 거기서 나는 여기서 다른 세계에 빛을 준 동일한 생물을 보았고 저기로 갔다. 그곳을 보니 겁이 났습니다.

그녀는 그곳에 있었지만 그녀의 옷은 찢어졌고 그녀는 완전히 벌거벗은 상태였으며 그녀의 몸 곳곳에서 피를 흘리며 기절했습니다. 인간처럼 생긴 거대한 괴물이 그녀를 고문하고, 깨우고, 고통을 주고, 비명을 지르는 것을 즐기고 있었다. 그녀는 잠깐 잠에서 깨어나 나를 보더니 조용한 어조로 뛰라고 말했다. 하지만 저는 단지 달리기 위해 이곳에 온 것이 아닙니다. 나는 쓸모없는 사람이다. 나는 잠깐 생각도 하지 않고 그녀에게 달려갔다. 손에는 내 검이 들려 있었고, 괴물들이 나를 보았다. 덩치 큰 놈은 그녀를 괴롭히는 것을 멈추고, 나를 보고는 다른 괴물들에게 나를 죽이라고 명령했다. 그들은 전과 같았고, 내가 이름을 붙인 것처럼 약한 것들이었지만, 뭔가 달랐다: 그들의 색깔은 빨간색이 아니라 파란색이었다. 나는 그들에게 중독되지 않도록 피하려고 노력했지만, 그들이 나에게 어떤 독을 줄지도 몰랐다. 피하려다가 부상을 입었지만 큰 곳에 도달했습니다. 그는 커다란 망치를 가지고 있었고 그것으로 나를 공격하려고 했습니다. 나는 푸른 모래 반지를 사용했고, 그녀가 멈췄을 때도 모든 것이 멈췄다. 이제 나 자신을 구할 수 있는 시간은 단 1 분뿐이다. 나는 그녀의 재킷이 땅에 쓰러져 있는 것을 보았다. 찢어지지 않았으므로 그것으로 어머니를 덮고 어깨에 메고 목숨을 걸고 달렸습니다. 나는 그 사람들과 싸우고 싶지 않았다. 나는 이제 내가 왔던 길을 기억하고 그래서 그곳을 향해 달려갔다, 온 세상이 움직임을 멈췄다, 모든 것이 얼어붙었다, 갑자기 모든 것이 정상으로 돌아왔다, 그녀는 여전히 의식을 잃은 채 내 등에 누워 있었고, 이제 나는 괴물들에게 쫓기고 있었고, 심지어 큰 괴물도 나를 쫓고 있었다. 나는 할 수 있는 한 빨리 달렸지만 그 괴물들은 보이지 않게 되어 이전처럼 우리를 공격하기 시작했고, 큰 괴물은 속도가 느려서 우리에게 다가오지 못했지만 멀리서 우리를 태우기 시작했고, 그는 불을 사용하여 자신을 태웠고, 그는 불타고 있었고, 온도가 올라가기 시작했고, 우리는 불에

탔습니다. 우리 둘 다 불타고 있었고, 우리의 체력은 줄어들고 있었고, 다른 괴물들은 계속해서 우리를 공격했고, 우리 둘 다 피를 흘리고 있었다, 우리가 피를 멈추거나 뭔가를 하지 않는다면, 우리는 죽을 것이지만, 우리가 죽는다면 그들은 우리에게 다가와 우리를 잡아먹을 것이고, 어쩌면 우리를 고문할 수도 있다. 나는 그런 일이 일어나기를 원하지 않았다. 우리는 피를 토하고 있었다. 호흡도 점점 가빠졌고, 슈트를 입고 있을 때 산소통이 고장 나면서 산소 농도가 떨어졌습니다. 나는 그녀가 그 양복을 입고 있지 않다는 것을 알았지만, 그녀는 아직 살아 있었고, 그것은 그곳에 산소가 있다는 것을 의미했다. 달리는 동안 헬멧을 벗었고, 이제 이곳에서 제대로 숨을 쉴 수 있게 되었는데, 이는 지구의 이쪽에 산소가 있다는 것을 의미했습니다. 나는 바닥에 놓여 있는 천을 볼 때까지 계속 달렸는데, 이 세상에서 유일하게 빨갛지 않은 것은 푸른색이었다. 나는 그곳에 손을 뻗었지만,

돌아가려면 그녀와 나를 동시에 천으로 찔러 땅바닥에 내동댕이쳐야 했다. 그게 그들의 책에 쓰여져 있다고 말했지만, 그게 실제로 효과가 있을지, 우리 둘 다 여기서 죽게 될지는 아무도 몰랐다.

나는 그녀를 땅에 눕혔고, 그녀는 내가 그녀 위에 깔아놓은 천 위에 누웠다. 나는 가지고 있던 검으로 우리를 찔러 땅에 쓰러뜨렸는데, 그때 괴물이 우리에게 달려들었다. 이제 선택의 여지가 없었습니다. 반지를 사용해야 했지만 두 번 사용하면 목숨을 잃을 수 있습니다. 어쨌든 나는 그것을 사용했다. 설령 내가 죽는다 해도 어머니는 구원받을 것이다. 나는 그 반지를 사용했고, 통증은 내 혈관을 타고 흘렀고, 그 고통은 누구도 참을 수 없는 것이었다. 기력이 쇠약해졌고, 죽어가는 내 모습이 보였다. 나는 온 힘을 모아 그들을 막았고, 그 후 나는 검으로 우리 둘을 찔렀고, 칼은 들어갔고, 그녀는 비명을 질렀고, 우리 둘 모두에게 매우 무서운 순간이었습니다. 갑자기, 모든 고통이 사라졌고, 그녀도 사라졌다. 나는 나를 오라고 부르는 빛을 볼 수 있었고, 모든 것이 잘 될 것이었다.

"이봐, 일어나."

"이봐,"

"이봐,"

"일어나,"

"일어나."

그녀의 목소리가 들렸다. 어쩌면 이것이 사후세계일지도 모릅니다. 나는 그녀가 구원받았다는 사실에 안도했다. 나는 이제 모든 것의 끝으로 가기 위해 눈을 감았다. 나는 몇 가지 이상한 것들을 보았다. 은하계처럼 보이는 세 개의 고리가 있었다. 모든 것이 매우 아름다웠고, 그쪽으로 갈수록 점점 밝아지고 있었는데 갑자기 밝음이 사라졌고, 나는 깨어났습니다.

카르틱 바트라

챕터 5

잠에서 깨어나 보니 어머니가 누워서 울면서 하나님께 감사하다고 여러 번 말했습니다. 나는 그녀가 치유된 것을 볼 수 있었다. 나는 죽지 않았다. 이 사람들이 우리를 치료해 주었습니다. 침대에서 일어나는 것이 힘들었습니다.

"가만히 있어, 일어나려고 하지 마."

"네, 부인."

나는 분위기를 가라앉히기 위해 어조로 말했고, 그녀는 웃기 시작했고, 내 머리는 그녀의 무릎 위에 있었다. 심장이 빠르게 뛰고 있었다.

"무슨 일이야? 나는 어떻게 구원받았는가? 나는 사후 세계를 보았다"고 물었다.

"이 사람들이 너를 구해줬고, 심지어 치료하기까지 했어."

"모두 고맙습니다. 우리는 여러분이 우리를 위해 해 주신 일을 결코 잊지 않을 것입니다."

"얼마나 오래 자고 있었어?" 라고 물었다.

"일주일 동안 잠을 잤잖아요." 그녀가 말했다

"응? 일주일, 일주일 동안 잠을 잤다"고 말했다.

"맞아요." 그녀가 말했다.

"그 괴물들은 어쩌지? 그들은 우리를 공격하거나 사로잡으러 온 게 아니에요." 나는 물었다.

"우리도 그것에 대해 생각하고 있었지만 실제로 무슨 일이 일어났는지 몰랐다"고 그들은 말했다.

"아."

"네."

그 후 하루 동안 쉬었고

잠에서 깨어났을 때 건강하고 건강했습니다.

그런 다음 우리는 모두 저녁을 먹기 위해 앉아서 이야기를 시작했습니다. 우리는 그들에게 신의 세계에 대해, 그것이 실제로 무엇인지, 우리가 올바른 길을 가고 있는지에 대해 물었습니다. 그들은 우리에게 그들의 오래된 전통 책에 따르면 신의 세계는 이 우주를 넘어서, 우리에게 알려진 모든 것을 초월한다고 말합니다. 우주에서 죽었거나 아무도 모르는 미지의 현상으로 죽었을 때 아무도 거기에 도달한 적이 없습니다. 그들은 우리가 임무를 시작했을 때 만났던 촌장처럼 들렸다. 당신이 가고 있던 길은 옳았습니다. 이곳에 와서 우주선이 깨지는 소리도 그 일부였습니다. 우리는 여행자에게 길을 제공하는 사람들이지만 악마의 공격을 받았고 그 일을 중단했습니다. 당신은 그들의 세상에서 가장 먼저 돌아왔고, 이제 우리는 당신에게 그곳으로 가는 진정한 길에 대해 말해주려고 한다. 모든 것이 시험이었다. 당신은 합격했습니다.

"누군가 우리보다 먼저 왔어?" 라고 물었다.

"그래, 젊은이, 곽씨." 그들이 말했다

"곽이?"

그녀는 실종되었을 때 그들이 나에게 말했듯이 그에 대해 알지 못했습니다. 나는 그녀에게 모든 것을 말했고, 그녀가 한 말은 나를 놀라게 했다. 그녀는 곽 씨가 그녀의 아버지라고 말했다. 그의 본명은 코솔완(Kosol Wan), 일명 콜라(Kola)였다. 그녀는 말했다

그들의 마지막 목적지는 이 행성이었다. 그들은 마을 사람들을 구하다 죽었습니다.

"이봐, 아가씨도 여기 왔어?"

"네, 곽 대표님"

"뭐? 그녀 어디 있어요? 살아 계신가요?"

그들은 곽 씨가 이곳에 머물렀을 때 그녀의 아내와 두 자녀도 이곳에 있었다고 말했습니다. 곽씨가 죽은 후, 악귀들은 그녀와 그녀의 가족을 잡아가 고문하고 죽였다. 아이도 둘이서 태어났어요.

"애들이요? 아, 그들은 승무원 동료였던 것으로 기억합니다." 그녀가 말했다

그녀는 그들이 대의를 위해 죽었다는 것을 이해한다고 말했다. 나는 그들을 위해 울지 않을 것이다.

그들은 우리에게 영원에 도달하는 길, 신의 세계에 도달하는 방법을 계속 말해 주었습니다. 다양한 세계와 차원을 여행해야 합니다. 아무도 넘을 수 없고 파괴할 수 없는 장벽인 우주의 끝이 바로 그곳이다. 여러분이 지구에서 보낸 시간은 여전히 계속되고 있고, 1 년이 지났습니다.

"당신의 흙이 우리가 시간을 거꾸로 돌려 영원을 찾지 않고 그들을 구할 수 있도록 도와줄 수 있을까요?" 그녀가 물었다.

"불행히도, 이 행성의 모래는 대기권을 벗어날 수 없으며, 그렇지 않으면 마치 존재하지 않았던 것처럼 사라질 것입니다."

이 지도를 따라야 합니다. 그들은 우리에게 작은 칩을 주었고 그것을 우리의 뇌에 추가했습니다. 그것을 자르지 않고 우리에게 열어줌으로써, 그들은 몸을 통제할 수 있었다. 그들은 우리의 뇌에 지도를 새겼습니다. 이제 지도가 우리 눈앞에 있었다. 그것은 우리에게 경로를 보여주었습니다. 우리는 그것이 우리를 어디로 데려갈지 몰랐지만, 그들은 만약 당신이 먼 미래에 평행 지구에 가게 된다면, 당신이 그곳에 있는 동안 지구는 시간이 멈출 것이지만, 당신이 거기에서 이륙할 때는 시간의 속도가 2 배 빨라지고 더 적은 시간이 존재할 것이라고 말했습니다. 그것은 배에 오류 등이 있는 경우에만 발생할 수 있으며, 우리는 효율성을 높였으므로 그렇지 않을 가능성이 큽니다.

그 후, 우리는 투명의 땅에서 이륙했고, 우리가 이륙하면서 행성은 존재하지 않았던 것처럼 갑자기 사라졌고, 심지어 모든 것을 잊어버렸고, 우리가 기억하는 유일한 것은 누군가가 우리에게 신의 세계로 가는 지도를 주었다는 것뿐이며, 어떻게든 우리는 미래로 가는 것을 막아야 합니다. 이 모든 것을 염두에 두고, 저희는 워프 드라이브를 시작했고, 우리가 원하지 않았던 일이 일어났습니다. 우리는 우주선에서 지구를 보았지만 첨단 기술, 우주 여행 등 모든 것을 가지고 있었습니다.

때는 2070 년.

난생 처음으로, 우리 배는 상태가 양호했습니다. 우리는 다른 우주선들이 정박해 있는 우주 정거장을 보았고 지구 정부로부터 전화를 받았습니다. 어쨌든 우주선은 2021 년에 우주 정부에 따라 허가되고 등록되었기 때문에 문제없이 정거장에 도킹하고 자동 유지 보수 모드가 켜져 있었습니다. 배는 한 달 동안 절전 모드로 들어갔고, 이제 우리는 긴장과 안도감을 동시에 느꼈습니다. 우리가 이 행성을 떠날 때, 우리의 시간은 두 배 더 빨리 흐를 것이고, 우리가 열심히 일하지 않으면 현재의 지구를 구할 시간을 얻지 못할 것이기 때문에 우리는 긴장하고 있었습니다. 우리는 또한 이 배를 더 강력하고 효과적으로 만들 시간이 필요한데, 이것은 이미 어디든 갈 수 있는 매우 강력한 함선이기 때문입니다. 우리가 살던 지구는 정부가 허가한 법의 행성이었지만, 우리는 우리가 그렇게 다른 차원으로 뛰어들 수 있다는 것을 몰랐습니다. 우리가 여행을 시작한 이래로 특이한 일들만 일어나고 있습니다. 우리의 주요 행성에서 시간이 멈추면 여기서 아무리 많은 시간을 보내도 지구에서의 시간에 영향을 미치지 않고 이전의 모든 번거로움에서 벗어나 휴식을 취할 수 있기 때문에 우리는 안도합니다.

우리는 우주선에서 내려 포탈을 이용해 행성으로 들어갔다. 포털은 지구에 도달하는 데 두 시간이 걸렸습니다. 이제 우리는 지구에 있었고, 나는 내 눈을 믿을 수 없었다. 지구가 이렇게 보일 줄은 상상도 못 했어요. 내 꿈은 이루어졌고, 내가 꿈꾸었던 것들이 이루어졌고, 그 꿈은 이루어졌다.

어떻게 설명할 수 있을까요? 평범한 지구와 같았지만, 자동차는 도로에만 있는 것이 아니었습니다. 일부는 날고 있고 일부는 물 위에 있습니다. 하늘을 나는 자동차는 날개가 없습니다. 그들은 반중력을 사용하여 공중을 날고 있었습니다. 공항은 이제 달이나 화성으로 여행하기 위한 우주 정거장이 되었고, 자동차는 이제 비행기와 헬리콥터의 일을 대신하고 있습니다. 지구 곳곳에 거대한 파이프가 있었는데, 그것은 신칸센 같은 것이었지만, 그것은 매우 빠르고 부드럽게 가는 선을 타고 가고 있었습니다. 하늘은 맑았고 태양은 우리에게 온 힘을 쏟고 있었지만 열기는 우리를 태우고 있었습니다. 고풍스러운 집은 여전히 존재했지만 대부분의 건축물이 변경되었으며 이제는 그 어느 때보 다 고층 건물이 점점 더 많아지고 있습니다. 작은 집들은 투명한 지붕이 있는 커다란 반구 구조인 돔으로 대체되어 사람들이 밤에 하늘의 별을 볼 수 있었습니다. 드론은 어디든 날아다니며 소포를 배달했고, 지금은 드론이 감시 도구로 사용되고 있습니다. 나는 어디에서나 로봇을 보았다. 인간보다 로봇이 더 많았다. 슈퍼마켓은 로봇에 의해 운영되었고, 교통 경찰도 로봇이었으며, 어쩌면 의사도 로봇으로 대체되었을 것입니다. 누가 알아?

모든 것이 너무나 멋져 보였고, 앞으로 50년 동안 지구가 어떻게 변할지 매우 기대되지만, 그것은 우리가 달이 멀어지는 것을 멈추거나 사람들이 꿈꾸던 모든 것이 영원히 사라질 때만 일어날 것입니다. 이 지구는 우리의 지구가 아닌데, 어쩌면 우리가 지구를 구했기 때문일 수도 있고, 그런 사건이 이곳에서 일어나지 않았기 때문일 수도 있다.

나는 이 세상에서 사람들이 정치 때문에 싸우는 것이 아니라는 것을 보았다. 지구를 통제하는 정부는 단 하나뿐이었어, 그녀는 나에게 그녀의 우주에서 무슨 일이 일어났는지 말해주었다. 카스트에 근거한 싸움도 중단되었습니다. 이제 모든 사람이 평등하고, 사람들은 범죄나 괴롭힘에 빠지는 것을 두려워하지 않으며, 처벌은 엄격하고, 모든 것이 꿈처럼 평화롭습니다. 지구가 이렇게 될 수 있다면 모든 것이 바뀔 것입니다.

내 눈에 비친 풍경을 보고 포착한 후, 나와 에이바는 가장 가까운 우주 등록소로 갔다. 우리는 그들에게 우리의 신분증을 보여줬다.

"당신의 나이와 출생 연도는 무엇입니까? 어디서 오셨어요?" 레지스트라가 물었다.

"우리는 2021년에서 왔고, 시간 여행자입니다." 우리는 말했다.

"시간 여행자, 농담하는 거야, 응? 2021년에는 시간 여행이 공개되지 않았습니다."

"공개적이라는 것은 그것이 숨겨져 있었다는 것을 의미합니까?" 나는 궁금해서 물었다.

"아무것도 아니에요. 지구 2070에 오신 것을 환영합니다."

그는 큰 문제가 아니었기 때문에 우리를 맞이했고 더 이상 질문을하지 않았습니다. 올해는 2070 년인데 좋겠다고 생각했습니다. 우리는 센터에서 나와 두 달 동안 사용할 수 있는 비자와 같은 면허를 받았습니다. 그것 외에는 다른 선택의 여지가 없었습니다. 그들은 심지어 우리 화폐를 교환했습니다. 나는 한 가지 더 깨달았다: 화폐와 언어는 이제 모든 곳에서 동일하다. 사람들은 여전히 다른 언어를 사용합니다. 그들의 집에서는 가족이나 친구들에게 말하지만, 다른 모든 곳에서는 하나의 공통 언어가 있습니다. 다른 세계에서 온 사람들만 화폐를 교환할 수 있습니다. 화폐는 어떤 금속 동전이나 종이가 아니었다. 모든 것이 디지털화되었습니다. 청장님께서 주신 우리 화폐는 2021 년에는 보편적이었지만 2070 년에는 아니었기 때문에 일반

지폐였습니다. 그 당시에 기술이 그렇게 발전했다면 왜 디지털 화폐로 변환하지 않았는지는 모르겠지만, 어쨌든 우리는 그들에게 종이 화폐를 주었고 그들은 스캐너가 달린 손목 밴드를 주었습니다. 우리는 그것으로 어디에서나 스캔하고 지불할 수 있습니다. 밴드는 블록체인 기술을 사용했고, 우리의 통화는 이제 암호화폐입니다.

우리는이 땅을 더 탐험하고 싶었지만 늦어지고 있었기 때문에 우리는 머물 호텔을 찾아야했고, 가격은 매우 높았지만 내 화폐를 교환하면 우리는 억만 장자와 같았고 우리 화폐로 어디든 갈 수 있었습니다. 왜인지는 모르겠지만 손목 밴드를 착용하자마자 손목 밴드가 잠깐 빛났고 그녀의 밴드는 그렇지 않았습니다.

우리는 "우리 하늘 리조트에 머물면서 밤에 별을 바라 보는 여행자를 환영합니다. 정말 싸서 바로 가서 예약했습니다.

경로도 흥미로웠습니다. 밴드를 오른쪽으로 스와이프하기만 하면 택시를 예약했는데, 자동으로 위치를 가져와서 플라잉 택시가 왔다. 우리가 앉으면, 우리는 인간 운전자가 없다는 것을 알았습니다. 택시는 자율 주행 인공 지능을 사용하여 스스로 달리고 있었습니다. 우리는 자리에 앉았고, 그것은 우리에게 날 준비가 되었는지 물었다. 우리는 그렇다고 대답했고, 문이 닫혔고, 전체 운송 차량이 내부에서 투명해져서 우리는 차 안에서가 아니라 혼자서 비행하는 것처럼 비행을 즐길 수 있었습니다. 우리 앞에는 우리 계산서와 경로를 보여주는 지도가 있었는데, 우리가 도달하는 데 10 분이 걸린다는 것을 보여주고 있었고 우리 계산서는 10000 Biks 였습니다. 여기서는 모든 것이 너무 비쌌습니다. 우리는 호텔에 도착하여 청구서를 지불했습니다. 우리는 아무것도 할 필요가 없었기 때문에 차에서 내렸고, 밴드가 진동을 일으켰고, 청구서가 지불되었습니다. 모든 것이 매우 빨랐습니다. 우리는 문을 통해 들어갔고,

입구에서 우리 밴드는 스캔되고 진동되었습니다. 우리 티켓이 거기에 등록되어 있음을 보여주는 앞의 화면이있었습니다. 우리는 안으로 들어갔고, 귀엽고 작은 로봇이 우리를 맞이했습니다. 우리도 그 로봇과 인사를 나눴는데, 재미있으면서도 흥미로웠다. 그 로봇은 우리를 우리 방으로 데려 갔지만,이 레스토랑은 스카이 리조트 였기 때문에 엘리베이터를 사용하여 일어났습니다. 우리는 1 층에 있었고 88 층으로 가야 했습니다. 리프트는 항상 느리기 때문에 여기에서도 그럴 것이라고 생각했지만 리프트는 매우 빨랐습니다. 우리는 3 초 만에 바닥에 도착했습니다. 너무 빨라서 정말 무서웠습니다. 그 후 로봇이 우리를 우리 방으로 데려갔지만 실수가 발생했습니다. 내 밴드만 스캔을 받았고 그녀는 스캔하지 않았기 때문에 한 방만 예약했고 이제 모든 방이 가득 차서 다른 방을 예약할 수 있는 옵션이 없었습니다. 우리는 선택의 여지가 없었기 때문에 방에 들어갔고,

방은 아름다워 보였고, 투명한 돔 같은 지붕, 놀랍도록 최소한의 가구 및 모든 것이 기술적으로 발전되어 있었고, 갑자기 이것이 내가 꿈에서 본 것과 같은 방이라는 것을 깨달았습니다.

그 방에는 우리의 도움을 받을 수 있는 두 대의 로봇이 있었지만 우리가 원한다면 그들을 해산시킬 수 있었습니다. 우리는 아무도 우리 방에 들어오거나 CCTV 카메라를 볼 수 없도록 프라이버시 모드를 켤 수 있는 옵션이 있었고, 이 사람들이 인적 데이터를 판매하여 돈을 번다는 것을 알고 있었기 때문에 프라이버시 모드를 켰습니다.

"맥주 한 병과 잔 두 잔을 가져오세요." 그녀가 말했다

"네, 부인." 로봇이 말했다.

"하지만 저는 술을 마시지 않아요. 저는 겨우 19 살이에요." 나는 말했다.

"그럼 언제 마실 거야? 80세가 되면?" 그녀는 웃으면서 말했다.

"좋아, 좋아, 한번 해보자." 나는 자신 있게 말했다.

"이봐!" 제가 말했어요.

"뭐라고?" 그녀는 말했다.

"우리는 여기에 있고, 원본을 위해 시간이 멈췄습니다. 비자가 만료될 때까지 2개월 동안 휴식을 취해 보는 것은 어떨까요? 이륙하면 시간이 빨리 갈 테니까 즐기자"고 말했다

"함께?"

"아무것도, 아무것도," 내가 말했다

"그래, 그치만.. 아니 씨발, 그렇게 하자고. 우리는 많은 번거로움을 겪었습니다. 잠시 마음을 편하게 해보자. 두 달 동안 재미있게 놀자"고 말했다.

그녀는 동의했고 나는 마침내 약간의 재미를 느끼고(Bruh) 그녀와 함께 할 수 있게 되어

기뻤습니다. 우리 맥주는 두 잔과 함께 나왔고, 그녀는 나에게 유리잔에 몇 가지를 부었다. 마셔라.

"아휴, 씁쓸하네요." 내가 말했다

"닥쳐. 두 모금만 더 마시면 다시는 그런 말을 하지 않을 거야."

나는 그녀가 말한대로 했고 그래 나는 그것을 좋아하기 시작했고, 우리 둘 다 맥주를 마셨고, 자정 12 시였고 거의 잠을 잘 시간이었지만 문제는 방에 침대가 하나뿐이라는 것이었고, 이제 어디서 자려고 하는지 생각했습니다.

"침대의 절반이 비어 있으니 여기서 자요." 그녀가 말했다

그녀가 술에 취해서 그렇게 말한 것인지, 아니면 진심이었는지는 알 수 없었다. 그렇지 않으면 그녀가 말한 대로 할 수 없었습니다. 여자친구도 아닌 여자의 옆에서 자는 것이 부끄러웠다. 나는 바닥에서 자려고 노력했다. 내가 누우기 시작하자 그녀는 내 손을 잡고 말했다

"이리 와서 자거라. 별을 바라보자."

이번에는 그녀가 술에 취하지 않았다고 생각했고, 내가 본 TV 시리즈에 따르면 분위기가 낭만적으로 변하고 있었다. 더 이상 생각하지 않고 그녀가 말한 대로 했습니다.

나는 그녀 곁에 누워 별을 바라보았다. 별은 매우 아름다웠고 오늘은 보름달이었기 때문에 모든 것이 좋아 보였습니다. 별을 본 후 우리는 서로의 얼굴을 보았습니다. 우리는 한 번만 움직이면 입술이 닿을 정도로 가까웠다. 갑자기, 그녀는 내가 그녀에게 기대하지 않았던 질문을 던졌다.

"당신은 처녀입니까?"

그녀는 묻고는 천천히 꾸벅꾸벅 졸았다. 너무 부끄러워서 조금 움직였습니다. 우리의 입술은 닿았고, 우리는 입을 맞췄다. 어머니는 잠이 들었고, 그 후에 저는 침대에서 떨어져 머리를 다쳤고, 어머니는 일어났습니다.

"괜찮아요?"

"네, 맞아요"

"무슨 일이 있었는지 아세요?" 라고 물었다.

"아뇨, 자고 있었어요."

"알았어."

"무슨 일이야? 나한테 야한 짓을 했어?" 라고 물었다.

"아뇨, 아뇨.... 아니요......... 아무것도.. 어쩌다 보니 그랬다"고 말했다.

"정말요?" 라고 물었다.

"네, 맞아요."

"그래, 알았어, 난 널 믿어. 자자. 자러 오세요." 그녀가 말했다.

이번에는 그녀가 술에 취하지 않았기 때문에 침대에서 잠을 자면서 무슨 일이 있었는지 계속 생각하면 불안이 시작되었습니다. 나는 밤에 거의 잠을 못했다. 아마 3 시간 동안쯤 나는 졸았다. 나머지 시간 동안, 나는 무슨 일이 있었는지, 그리고 그녀의 질문에 대해 생각했다.

다시 눈을 떴는데, 이번에는 새벽 5 시 30 분이었다. 그때 나는 돔에서 거대한 빛을 보았는데, 그것은 여느 날처럼 밝게 빛나는 태양이었다. 하늘에서 밝게 빛나고 있습니다. 새들이 지저귀는 소리가 들렸고, 또 다른 익숙한 소리는 자명종이었다. 그녀는 잠에서 깨어났다.

"좋은 아침이에요." 그녀가 말했다.

"좋은 아침입니다." 나는 그렇게 말하고 그녀에게 인사를 건넸다. 그녀는 여전히 졸려 보였지만 침대에서 일어날 용기가 있었다. 그녀는 신선한 공기를 마시고 양치질을 하기 위해 화장실에 갔다. 그녀가 일을 마친 후, 나는 거기에 들어가서 다른 종류의 화장실을 보았습니다. 첫째, 브러시는 완전히 전기식이었고 버튼을 누르기만 하면 페이스트가 나옵니다. 칫솔을 치아 가까이에 두면 아무것도 할 필요조차 없습니다. 거울은 거대했고 우리 몸을 감지하는 센서가 있었습니다. 그것은 내 몸을 추적하고 체온,

혈압 및 기타 것들과 같은 건강 통계를 보여주었습니다. 그것은 고도로 발전했으며 기술은이 세상의 거의 모든 것에 통합되어 있습니다.

목욕을 한 후 호텔 밖으로 나갔지만 게이트에 있었기 때문에 나가려고 했습니다.

우리 밴드는 우리가 떠날 수 없도록 우리 주위에 장벽을 만들었지만, 화면에서는 우리가 떠날 것인지 여전히 방을 원하는지 묻고 있었기 때문에 당황할 필요가 없었습니다. 우리는 여전히 방을 원했기 때문에 그것을 선택했고 장벽이 사라졌습니다. 거의 3초 후에 우리는 호텔에서 나왔고 우리의 옷은 여전히 배에 있었고 모든 사람들이 우리를 중세 시대의 사람처럼 바라보고 있었기 때문에 오늘날의 패션이 아니었으므로 우리는 옷 쇼핑을 가기로 결정했습니다. 우리 밴드는 손목 밴드일 뿐만 아니라 우리 시대의 전체 스마트폰이었습니다. 손을 튕기면 팔에서 화면이 나오고 손에는 검색 엔진이 통째로 들려 있었고 좋은 옷가게를 찾았지만 가까운 곳에 기차 경로를 보여주지 않았기 때문에 드디어 이 세상의 기차를 볼 수 있는 기회라고 생각했습니다. 우리는 기차역까지 택시를 예약했다.

기차역은 너무 높았고 에스컬레이터는 없었고 리프트 만 있었습니다. 플랫폼에 들어서자마자 밴드가 진동하여 거래가 이루어지고 있다는 신호를 보냈습니다. 우리가 탄 기차는 정시에 도착하여 전 세계에 퍼져 있는 파이프를 통해 날아갔습니다. 기차는 외부에서 보면 너무 작아 보였지만 내부에서는 활짝 열려 있었고 최대 1000-1500 명을 수용 할 수있었습니다. 우리는 자리가 모두 차지했을 때 거기에 서 있었다. 이 문제는 2100 년 이상에 도달해도 절대 해결할 수 없다고 생각했습니다. 우리는 그곳에 서 있었고, 문은 닫혔다. 우리가 멈춘 곳은 열다섯 정거장 후였고, 할 일이 없었다. 기차는 움직이기 시작했는데 직선 방향이 아니라 위로 올라갔어요, 기차는 창문에서 보던 것처럼 위로 올라갔지만 우리는 느낄 수 없었어요 반중력 기술 때문이었던 것 같아요, 얼마 후 기차는 노선에서 안정을 찾아 속도를 내기 시작했고, 너무 빨랐고 다양한 방향으로 달렸습니다. 창문에서 보이는 전망은 훌륭했습니다. 우리는 그들이 얼마나 많은 녹지를 보존했는지에 놀랐고, 심지어 수역조차도 놀랍게 보였습니다. 모든 것이 너무 놀라워서 우리는 기차에서 내리는 것을 잊어 버렸고 우리 정류장은 지나갔습니다. 이제 원하는 위치로 돌아갈 수 있도록 기차를 갈아타야 합니다. 우리는 돌아갔고, 우리 밴드는 거래가 완료되었음을 보여주기 위해 다시 진동했습니다. 우리는 우리 밴드를 보았고, 30000 biks 가 절단되었고 이동 거리는 100km 였습니다. 우리는 그렇게 짧은 시간에 100km 를 여행한 것 같지 않았기 때문에 여기서 통화를 변환하려고 하면 1$가 약 300biks 인 것과 같습니다.

역에서 내려 검색 엔진에서 그 가게를 검색해 보니 가게가 정말 멋져 보였고, 유명 모델들이 그 옷을 3D 홀로그램으로 입고 있어서 물건을 보고 돈을 낭비하지 않고 제대로 구매할 수 있었고, 남학생과 여학생을 위한 코너가 달랐기 때문에 옷을 결정한 후 둘 다 만날 장소를 정했습니다. 나는 간단한 옷을 선택하고 쇼핑을 마쳤고, 그녀의 목소리를 들었고, 그녀는 나를 불렀다.

"이봐, 이리 와. 제가 결정할 수 있게 도와주세요." 그녀가 말했다.

"하지만 저는 여자 옷에 대해서는 아무것도 몰라요." 내가 말했다.

"그건 좋지 않아요. 당신은 그것을 배워야 합니다. 아내가 선택하라고 하면 어떻게 하시겠습니까?"

"응? 존재하지도 않는 내 아내는 어디서 온 걸까?"

"하하하." 그녀는 웃기 시작했다

"나 결정하게 도와줘, 멍청아."

"알았어, 알았어, 보여 줘." 내가 물었다.

"제게 무엇을 보여주고 싶으신가요?" 그녀는 재미있는 어조로 말했다.

"놔둬. 나는 도와주지 않아요." 나는 화가 난 목소리로 말했다.

"그만해, 그만해." 그녀가 말했고, 나는 거기서 멈췄다. 그런 다음 그녀는 자신이 고른 옷 몇 벌을 보여 주었다.

"이것도 이것도 이것도 하고 이것도 이것도 이거." 나는 말했다.

"오, 잘하시네요."

"닥쳐."

"잘했어, 잘했어, 넌 선물을 받을 자격이 있어."

"선물이요?"

"맞아요." 그녀가 말했다.

"그게 뭐야?"

"그것은 내가 너에게 말하거나 적절한 때가 되면 줄 비밀이야." 그녀가 말했다.

"좋아, 이제 나와. 이거 돈 내고 가자"고 나는 말했다.

"그럼요." 그녀가 말했다.

"이것으로 갈아입자." 그녀가 말했다.

"알겠습니다."

그녀와 나는 그녀가 탈의실에서 나왔을 때 그들로 갈아 입었다. 그녀는 매우 아름다워 보였고, 말 그대로 그녀를 내 팔에 안고 싶었고, 내 생각은 미친 듯이 굴렀지만, 그날 밤에 있었던 일이 생각나서 부끄러웠습니다.

"왜 얼굴이 빨갛습니까?" 라고 물었다.

"아무것도, 아무것도." 내가 말했다.

"흠.. 알겠지."

그녀가 더 이상 질문을 하지 않았다면 나는 입을 다물 수 없을 것이라는 사실에 안도했다. 그런 다음 우리는 옷 값을 지불했고 300,000

비스크로 우리가 한 다른 거래보다 너무 비쌌습니다.

"여기서 자동차나 기술 한 대가 얼마나 들 수 있을까요?" 제가 말했어요.

"흠.. 아마 그럼 우리는 신장이나 솜틴을 팔아야 할지도 몰라요." 그녀는 웃으며 말했고, 그녀의 웃음은 나를 매우 행복하게 만들었고 나는 계속 그녀를 바라보았다.

"뭐라고?" 라고 물었다.

"아무것도," 내가 말했다.

"정말요?"

"예"

"좋아, 그럼."

옷 쇼핑이 끝난 후 우리는 음식을 먹으러 나갔고 오래된 식품 브랜드가 여전히 존재합니다. 나는 우리가 선택한 두 가지 음식이 같다는 것을 알게 되었고 정말 행복했습니다. 우리는 얼마나 많은 것이 변했는지 알기 위해 이 세계를 탐험하기로 결정했습니다. 우리가 이미 알아야 할 많은 것들이 있지만 우리가 모르는 것들이 있습니다. 우리는 내가 사는 곳으로 가기로 결정했지만, 그곳은 다른 나라에 있었다. 우리는 어떻게 거기에 갈 수 있습니까? 비행기는 더 이상 물건이 아니며 자동차는 많은 시간이 걸리므로 기차는 지역만을 위한 것이고 한 국가에서만 여행하기 때문에 더 짧은 시간에 먼 거리를 여행할 수 있는 무언가가 있어야 합니다. 그런 다음 Google 에서 몇 가지 검색을 한 후 (BTW, Google 은 아직 살아 있었습니다) 우주선이 사용되었다는 것을 알았습니다. 다른 나라의 공간에는 다른 부두가 있으므로 배를 타고 다른 부두로 이동하기만 하면 여기에서 저기까지 15 분밖에 걸리지 않습니다.

오늘은 쇼핑을 한 후 늦었으므로 내일 방문하기로 결정하고 다른 곳도 탐험하기로 결정했습니다. 그래서 이렇게 생각한 후 우리는 호텔로 돌아가서 방으로 가서 뜨거운 커피 한 잔을 마셨습니다.

"이곳은 정말 내 우주처럼 보이지만, 여기는 다른 것들이 있어서 그렇지 않다"고 그녀는 말했다

"아, 우린 첨단 기술, 우주 여행, 그리고 이 밴드처럼 생긴 게 나한테는 새로운 건데, 이 터널 열차도 그렇고. 우리는 다른 나라로 여행하고 싶을 때 반중력 비행기를 타고 여행합니다."

"그러니까 다른 점도 있잖아요." 내가 말했다

"맞아요, 똑같은 것도 있어요." 그녀가 말했다.

"그렇군요"

이야기를 나눈 후 우리는 졸려서 잠을 잤습니다. 유일한 변화는 이번에는 그녀가 술에 취하지 않았다는 것입니다.

자명종이 울렸다. 아침 여덟 시였으므로 잠에서 깨어났는데 그녀는 여전히 자고 있었다. 창밖을

내다보니 깜짝 놀랐습니다. 내 눈은 믿을 수 없었다. 창문 앞에는 목성이 있었고 모든 것이 어두웠다. 우리는 우주에 있었지만 어떻게? 엘리베이터 정문으로 가서 엘리베이터에 들어갔을 때 호텔 전체가 우주에 있고 우리는 목성 궤도를 돌고 있는 것을 보았습니다. 목성의 중력은 지금쯤 우리를 빨아들였을 것이다. 나는 거기에서 나가기 위해 리프트를 시작했다. 리프트가 내려가기 시작했지만 리프트가 항상 빠르기 때문에 몇 초 안에 바닥에 도달했지만 이번에는 리프트가 매우 느리게 진행되었습니다. 돌아가기 위해 버튼을 누르려고했지만 아무 것도 작동하지 않았습니다. 갑자기 엘리베이터가 흔들리기 시작하더니 불이 켜지고 꺼지기 시작했다. 갑자기 리프트의 속도가 빨라졌고 나는 그 소리를 들을 수 있었다.

"일어나."

그 소리는 알아볼 수 있었지만 누구의 소리였는지는 기억할 수 없었다. 리프트가 갑자기 땅으로 떨어지더니 큰 폭발음이 들렸고, 저는 잠에서 깨어났습니다.

"나는 어디에 있는가?"

"넌 나와 함께 여기 있잖아."

"뭐라고?"

"무슨 일이야?" 라고 물었다.

"꿈이었어요, 하느님 감사합니다." 나는 말했다.

"무슨 일이야? 무슨 소리야?"

내 심장은 너무나 빨리 뛰고 있었는데, 어떻게 그녀가 그것을 느끼고 나를 꼭 껴안았는지 모르겠다. 그러나 그것은 나를 진정시켰다.

"악몽을 꿨어요." 내가 말했다.

"무슨 악몽? 말해 봐."

그런 다음 나는 그녀에게 모든 것을 말했고, 그녀는 웃기 시작하면서 "괜찮아요. 그저 악몽일

뿐이었고 현실에서는 일어날 수 없는 일이야, 이든."

정말 무서웠고, 지금 당장 엘리베이터를 이용하고 싶지 않았지만, 나가고 싶다면 선택의 여지가 없었습니다. 88층에서 지상으로 내려가는 계단을 사용할 수 없습니다. 도달하는 데 몇 달이 걸리므로 리프트를 이용해야 합니다. 어머니는 씻으러 화장실에 가셨고, 나도 똑같이 했다. 그래서 오늘은 제가 살고 있는 지역을 방문하기로 했습니다. 어쩌면 나를 찾을 수 있을지도 모르지만 무서울 테니 어떻게 될지 지켜보자. 우리는 호텔에서 내려서 이번에는 완전히 체크 아웃했습니다. 밴드가 진동했고, 잔액이 차감되었습니다. 이제 우리는 티켓을 예약하거나 우리 자신의 배를 사용할 수 있었지만 다른 나라로 가기 위해 티켓을 예약하기로 결정했습니다. 티켓은 예약이 끝났고, 우리는 우리 밴드로부터 확인을 받았다. 우리는 우주 정거장에 가기 위해 택시를 불렀다.

택시가 왔고 우리는 안에 앉았다. 우리는 지상국에 도착했고 약 1 시간 후에 플랫폼을 타고 올라갔습니다. 다시 말하지만, 항상 그렇듯이 매우 빨랐습니다. 우리는 몇 초 만에 우주에 도착했습니다. 우리 우주선도 거기에 있었지만 대중 교통으로 여행하기로 결정했기 때문에 우리는 공공 우주선의 이름 인 20-ddu로 향했습니다. 배는 사람들로 가득 찼고, 우리는 세 개의 눈으로 다양한 종류의 생물을 보았습니다. 아마 외계인이었던 것 같다. 우리는 거기에 앉아 있었고, 조종사는 안전벨트를 매라고 발표했다. 우리는 안전벨트를 매었고, 배는 움직이기 시작했다. 거리는 여기에서 약 2 시간 거리였으며 우리는 시간을 보낼 음식과 물건을 제공받았습니다. 우리가 여행을 하면서 나는 우리의 땅이 투명하고 아래에 있는 지구를 볼 수 있다는 것을 알게 되었다. 또한 나는 이 우주선이 우주에 떠 있거나 일반 우주선처럼 날고 있지 않다는 것을 알게 되었습니다. 바닥은 금속이나 플라스틱에 붙어 있었는데,

모르겠지만 지구와 연결된 손 같은 구조였고 우주선은 옛날의 지하철처럼 그 위를 달리고 있었습니다. 보는 것은 시원하고 향수를 불러 일으켰습니다. 우리는 얼마 후에 거기에 도착하여 플랫폼을 사용하여 거기에 착륙했습니다. 그곳에 도착한 후 택시를 타고 집에 갔는데 도착했을 때 이상한 것을 보았습니다. 우리 집은 여전히 그곳에 있었지만 다른 이웃들은 모두 거대한 건물을 가지고 있었습니다. 거기에는 우리 집만 있었는데 어떻게? "집을 바꾼 적이 없어요. 내가 아직도 거기 살고 있는 건가?" 나는 이런 질문들을 가지고 있었기 때문에, 우리는 가서 살펴보기로 결정했다. 우리는 거기에 갔고 아무것도 없었습니다. 그곳에는 아무도 살지 않았고, 그 집은 몇 년 동안 사용되지 않은 것처럼 보였습니다. 우리는 그 지역 사람들에게 물어 보았고, 그 집의 주인이 50 년 동안 행방불명되어 왔다는 것을 알게 되었습니다. 새로운 법에 따르면, 집주인이 동의하지 않는 경우 정부는 주택을 철거하거나 점유할 수 없습니다. 주인이 사라졌다고 말하면 이상할 텐데, 그것은 내가 아이들을 잃었다는 것을 의미합니다. 나한테 아이가 있었나? 나는 결혼했는가? 정말 이상했어요, 제가 어디로 간 거죠? 갑자기 어떤 지하실로 통하는 문이 보였는데, 우리 집에는 그런 지하실이 없었기 때문에 누군가 지었거나 다른 것을 지었습니다. 우리는 그 지하실이 열려 있을 때 들어갔습니다. 큰 터널이 있었고 이상한 소리도 들었습니다. 우리는 실제로 무슨 일이 일어나고 있는지 확인하기 위해 더 많이 들어갔습니다.

챕터 6

입력 후

우리는 이미 열려 있는 상자를 보았습니다. 그곳은 텅 비어 있었고, 또 다른 지하실로 통하는 계단이 있었다.

"우린 거기로 내려가서는 안 돼. 위험할 수 있다"고 말했다.

"가고 싶어요." 나는 낮은 목소리로 말했다.

"뭐야, 너 어린애야?" 그녀는 말했다.

"아뇨, 하지만 저 안에 뭐가 있는지 보고 싶어요."

"좋아, 하지만 조심하자. 우리는 저 아래에 무엇이 있는지 모릅니다."

"네, 엄마." 내가 대답했다.

우리는 지하실에 들어가 보니 많은 곤충들이 기어 다니고 있었고 수백만 마리가 있었습니다. 그들은 징그럽다. 나는 그들에 대한 악몽을 꾸곤 했지만, 우리는 거기에 무엇이 있는지 확인해야 했기 때문에 안으로 들어갔습니다. 땅은 축축하고 끈적끈적했으며 또한 탄력이 있었다. 어렵지는 않았지만 생물 같은 것 위에 어떻게 서 있을 것인가, 뒤를 돌아보니 모든 것이 정상이었다. 우리는 더 들어갔다. 막다른 골목이 있었지만 땅에는 구멍이 뚫려 있었다. 매우 위험해 보였지만 어떻게 용기를 내어 뛰어들 수 있었는지 모르겠습니다. 그녀는 나를 쫓아왔고 모든 것이 어두웠다. 우리는 서로를 볼 수조차 없었습니다. 어쩌면 우리 집에 나도 모르는 터널이 있을지도 모른다. 갑자기 우리는 빛을 보았고 그것을 따라가기로 결정했습니다. 우리는 지금 밖으로 나갔지만, 우리가 본 것은 말이 안 되었다.

우리는 새로운 차원을 보았는데, 그곳에는 살아 있는 종이 없는 텅 비어 있었다. 전 세계를 집어삼킨 바이러스가 있는 것 같았는데, 어쩌다고? 나는 바이러스, 전염병이 우리 세계에서 일어나고 있다는 것을 기억했지만 그다지 해롭지 않았습니다. 어쩌면 모두가 죽었을지도 모른다. 올해는 어느 해입니까? 우리는 2025년 달력을 보았습니다. 우리는 2070년에 있었고, 갑자기 2025년에 있었습니다. 우리는 돌아가려고 했지만, 그 문으로 들어섰을 때, 모든 것이 뒤에서 사라진 것처럼 텅 비어 있었습니다. 우리는 이제 무엇을 해야 할지 두려웠습니다.

"우리가 다른 평행 세계로 여행을 갔거나 시간을 거슬러 올라갔다고 생각하지만, 그 문을 사용하는 것은 전혀 말이 안 된다"고 그녀는 말했다.

"저도 그렇게 생각해요." 나는 말했다.

갑자기 사람들이 나타나기 시작했지만 그들은 인간이 아니었다. 그들은 악마였고, 세상은 변하기 시작했다. 어둠 속에서 몇몇 건물들이 나타나기 시작했고, 비슷하게 생긴 지역이 시야에 들어오기 시작했다. 날은 빨갛고, 하늘과 비슷한 소리가 우리 귀에 들리기 시작했다. 우리는 다시 그림자의 세계, 반대편에 악마가 있는 무서운 세계에 있었지만 어떻게? 우리는 아주 오래 전에 그곳을 떠났습니다. 우리가 떠날 때 사라졌던 우리의 기억이 다시 우리에게 돌아왔다. 우리가 오래 전에 떠난 행성은 어땠는지. 우리 둘 다 그 거대한 악마가 어떻게 갑자기 그 악마 세계에 존재하는 안개를 뚫고 나타나 우리의 언어로 말하기 시작했는지에 대해 생각하고 있었습니다.

"넌 여기서 떠난 적 없어."

다시 모든 것이 어둠으로 뒤덮이기 시작했다. 갑자기 어둠이 걷히고 어떤 곳에 있는 내 모습을 보고 "도대체 무슨 일이 있었던 건지, 나는 어떻게 여기 있는 건지, 그녀는 왜 여기에 있는 건지?"

우리 둘 다 나를 처음 붙잡은 외계인들의 실험실에 있었다. 우리는 결코 떠나지 않았지만, 왜 그녀는 나와 함께 있었던 것일까? 그녀가 나를 구해줬는데, 어떻게 그리고 무엇을?

"넌 뭐야?"

"우리랑 뭘 할 거냐"고 나는 말했다.

그녀는 의식을 잃은 상태였다. 그 후, 그 외계인들은 당신이 우리의 실험을 완료했다고 말했습니다.

"씨발 무슨 소리야?"

"당신과 그녀는 지구에서 온 이후로 이 행성을 떠나지 않았고, 우리는 당신을 당신의 사람들과 함께 이 실험실에 넣었고, 우리는 당신의 뇌에 뭔가 특별한 것이 있고 그녀와 같다는 것을 알아냈습니다, 그래서 우리는 당신들 모두를 이용해야 하지 않을까 생각했고, 어떻게 하면 우리가 당신들 둘과 같은 힘을 얻을 수 있는지 보려고 노력해야 하지 않을까 생각했습니다.

"어떤 힘이고, 다른 힘은 어디에 있는가?" 라고 물었다.

"당신이 본 것처럼 다른 사람들도 죽임을 당했습니다. 그것은 사실이 아닌 실험이었습니다. 당신은 그녀와 함께 떠났고, 그것 또한 사실이었습니다. 이 사람 기억나?"

다른 한 사람이 문을 통해 들어왔는데 그 사람은 배에 타고 있던 그녀의 친구였어요, 그들은 저에게 그가 그들의 스파이라고 말했고 우리가 배에 들어가서 잠을 잔 후에 그는 당신들 둘을 우리에게 데려왔어요, 그 배는 당신을 잠들게 하는 이상한 향기를 가지고 있었어요, 그가 당신을 여기에 사준 후, 당신들 둘 다 여기에 사준 후, 우린 그 실험을 시작했고, 여러분은 이곳을 떠나 존재하지도 않는 신들의 행성으로 갔다고 생각했습니다.

"무엇을, 어떻게, 무엇을?" 너무 혼란스러워서 아무 말도 할 수 없었습니다. 우리가 경험한 모든 것은 거짓말이었다.

그녀는 움직이기 시작했고 깨어났다.

"여긴 뭐야?" 그녀는 나른한 어조로 말했다.

"액투.."

"닥치고 내 말 들어."

"이제 실험은 끝났고, 우리가 너에게서 그걸 어떻게 빼낼 수 있는지 알았으니, 그걸 끝내자고. 나는 당신의 두 뇌를 꺼내기 위해 기다리고 있었고, 정말로 당신의 아름다운 몸을 맛보고 싶었습니다, 에이바; 이제 해보자."

그는 긴 혀로 그녀의 얼굴을 핥으며 우리에게 다가오기 시작했다. 우리는 지금 무엇을 해야 할지, 그가 무엇을 말하고 있는지, 우리 안에 무엇이 있는지 모릅니다. 그는 가까이 다가가 날카로운 물건을 들고 있었다. 그는 칼을 휘둘렀고, 나는 얼굴을 숙였다. 바닥에 핏방울이 떨어지는 것을 보았지만 뭔가 이상했다. 나도 다치지 않았고 그녀도 다치지 않았지만, 그 피는 우리를 사로잡은 외계인의 피였다. 무슨 일이 일어났다. 그의 두개골은 날아가 피가 흩뿌려져 있었다. 피가 비처럼 쏟아지고 있었고, 그녀를 보았을 때 그녀의 사슬이 끊어지고 그녀의 눈이 빨갛게 충혈되어 있어 무서웠습니다. 그녀는 나를 보았고, 내 사슬이 끊어졌다. 그녀는 내 손을 잡고 건물에서 뛰어내렸다. 어떻게 우리가 죽지 않고 바닥에 떨어졌는지 모르겠고, 그녀는 기절하고 말았다. 나는 충격을 받았고 방금 무슨 일이 일어났는지 모른다. 그들은 우리를 따라오기 시작했다. 나는 그녀를 어깨에 메고 달렸지만 어디로 가야 할지 몰랐다. 나는 근처에 있는 동굴을 발견하고 그 안에 숨었다. 몇 시간 후, 그녀는 깨어났고, 이제 그녀는 정상이었다. 나는 안도했다.

"무슨 일이야? 여긴 어떻게 됐어?" 라고 물었다. 무슨 일이 있었는지 기억나지 않는 것 같다.

"우리는 동굴 안에 있습니다. 내가 널 여기로 데려왔어. 그대는 기절해 있었다. 너한테 무슨 일이 생긴 건데, 나도 설명할 수 없어."

"무슨 일이야? 말해 봐?"

"당신의 눈은 빨갛게 충혈되어 있었고, 어떻게 설명해야 할지 모르겠습니다, 그리고 당신은 우리를 그들로부터 구해줬습니다."

"무슨 말씀을 하시는지 이해할 수 없어요. 내 눈은 "무슨 말이야?"

"마치 당신 안에서 무언가가 깨어난 것 같았어요."

"씨발 무슨 소리야?"

"나는. 모르겠어요, 무서웠어요, 모르겠어요." 목소리가 떨리고 있었다. 그 광경은 끔찍했다. 갑자기, 그녀는 머리가 아파오는 것을 느꼈고 그곳에서 일어났던 모든 일을 기억해냈다. 그녀는 떨고 있었다.

"나한테 무슨 일이 있었던 거지?"

그녀는 그 끔찍한 순간을 기억하며 매우 스트레스를 받았습니다.

"어떡하지? 우리는 어디로 가야 합니까? 당신은 이 우주의 모든 것을 알고 있습니다. 갑시다. 여기서 나갑시다"라고 나는 말했다.

"우리에게 답을 줄 수 있는 곳은 단 한 곳뿐이다"라고 그녀는 말했다.

"어디로?"

"나의 선생님"

"뭐라고?"

그러고는 그녀가 나에게 말하길, 내가 실험에서 말했던, 내 부모님은 신의 행성을 찾아갔다고, 그건 사실이야, 세상은 존재하고, 그들은 거짓말을 하고 있고, 신의 장소는 존재하고, 너의 집을 구할 수 있는 유일한 장소야, 하지만 나에게 일어난 일은 이상했어, 나는 그것이 무엇인지조차 모른다고, 어쩌면 이런 일이 여러분에게도 일어날 수 있습니다, 그래서 우리는 그것을 통제하는 방법을 알아야 하고, 제가 갑자기 얻은 그 힘이 무엇인지, 우리는 선생님께 확인해야 합니다, 그는 우리에게 무슨 일이 일어났는지 말해 줄 것입니다, 우리는 나의 세계, 나의 우주로 가서 그를 찾아야 합니다. 그는 학교에서 평범한 선생님처럼 우리를 가르쳤지만, 항상 책으로 바쁘고 다른 것을 연구하기 위해 새로운 것을 찾는 데 바빴습니다. 그는 나에게 무슨 일이 일어났는지, 그리고 우리 안에 무엇이 있는지, 그 외계인들이 무엇을 원하는지 대답할 수 있는 유일한 사람이었다. 하지만 먼저 여기서 벗어나야 합니다. 우리는 외계인의 배를 포획하고 평행 우주 사이를 여행할 경로를 찾아야 합니다.

"실험에서 본 것처럼 갈 수는 없을까?"

"그 부분이 진짜인지 아닌지는 모르겠어, 이 행성이 너희 우주에 있으니까, 그래서 나는 어쩌다 여기까지 왔어, 하지만 기억이 안 나, 여기 갇혀있다가 너를 구한 것만 기억나, 어쩌면 우리는 우주선이 필요 없을지도 모르고, 어쩌면 다른 세계로 가는 문을 열어야 할지도 몰라. 나는 이 행성이 내 우주에도 존재한다고 확신한다. 방법을 찾아야 한다"고 말했다.

"그래서 우리는 어디도 여행하지 않았고, 이 행성 역시 내 우주에 있는 것이지, 다른 평행 우주에 있는 것이 아니야." 나는 말했다.

"네, 그렇겠죠."

"하지만 어떻게 해야 할까요? 우리는 어떻게 그 외계인들로부터 우리 자신을 구할 수 있을까요? 우리를 보면 죽일 거야."

"잘은 모르겠지만, 우린 뭔가를 해야 해요." 그녀가 말했다.

우리는 동굴 안에 있었고, 나는 뒤를 돌아보니 동굴이 깊고 어딘가로 가고 있었다. 우리는 그 동굴 안에 무엇이 있는지 보러 가기로 했습니다. 매우 위험해 보였지만 다른 방법이 없었습니다. 우리는 그곳에 영원히 갇혀 있거나, 스스로를 구할 방법을 찾아 탐험할 것입니다. 우리는 동굴 속으로 더 깊이 들어갔지만, 빛은 없었다. 뭔가 이상했다. 어쩐지 어둠 속에서 야간투시경을 본 것 같은 느낌이 듭니다. 나는 그녀를 길로 안내했고, 이제 우리는 그 길에 들어섰다. 사방에 벌레가 기어 다니고있었습니다. 그들은 매우 이상하게 생긴 곤충이었습니다. 우리는 거의 한 시간 동안 걸었지만 아무것도 없었고, 동굴은 너무 깊고 컸고, 동굴 안에는 우리를 도울 수 있는 것이 없었기 때문에 거기에서 나갈 생각을 하고 있었습니다, 갑자기 동굴 안쪽 깊은 곳에서 어떤 목소리가 들려오는 것을 들었습니다. 나는 어쩐지 그 목소리들의 방향을 알고 있었다. 이제 청력이 더 또렷해졌습니다. 이제 모든 것을 아주 명확하게 들을 수 있습니다. 나는 그녀를 안내했고, 우리 둘은 안으로 들어갔다. 얼마 동안 걸은 후, 우리는 우리를 놀라게 한 것을 보았다: 실제 인간과 같은 인간이 있었다. 그 동굴은 일종의 감옥이었다. 그 사람들은 감옥에 갇혀 있었고, 1990년대의 감옥은 이곳에 더 이상 존재하지 않는 것처럼 보였습니다. 수감자들은 20 세에서 25 세 사이의 젊은이들이었다.

"우리를 도와주세요. 제발 우리를 여기서 꺼내주세요."

그들은 모두 도와달라고 소리쳤고, 우리는 자물쇠를 풀 열쇠가 없었지만 다시 무슨 일이 일어났습니다, 땅에 돌이 있었고, 내 마음 속의 내면의 목소리가 그것을 집으라고 말하고 있었고, 나는 그것을 집어 들었고 내 손이 저절로 움직이기 시작했고 열쇠가 만들어졌습니다. 나는 그 열쇠를 사용했고 작동했다. 이제 모든 교도소가 문을 열었고, 그들은 우리에게 고맙다고 말하며 실제로 무슨 일이 있었는지 말해 주었습니다.

제 1 차 세계대전 중, 군인들이 싸우고 있던 캠프에 하늘에서 물체가 내려왔고, 그 물체는 모양이 바뀌어 전에 본 적이 없는 것이 되었습니다. 사람들은 그들을 외계인이라고 불렀다. 그들은 수천 명의 군인을 죽였고, 이제 모든 나라에서 싸울 사람이 충분하지 않았습니다. 그들은 전쟁을 멈췄고, 그들의 무기는 거대했으며, 순식간에 그들을 죽였습니다. 마치 한 번도 존재해 본 적이 없는 것 같았다. 전쟁이 멈춘 후, 그들은 정부와 조약을 맺고 당신들만이 이 우주에 존재하는 유일한 사람들이 아니라고 말했습니다. 그것은 거대합니다. 너희들은 상상조차 할 수 없다. 당신들의 전쟁은 우주의 균형을 파괴하고 있으며, 그래서 우리는 이곳에 와서 우리 자신을 드러내고 이 전쟁을 멈추는 것 외에 다른 선택의 여지가 없습니다. 그들은 좋은 사람들이고 우리를 돕기 위해 왔을 뿐인 것 같았지만 그렇지 않았습니다. 그들은 우리가 성취 할 수 없었던 것을 요구했습니다. 그들의 세계에서는 전염병이 진행되고 있었습니다. 백성을 살리기 위해 그들은 그들의 장기와 우리의 장기가 같기 때문에 인간의 장기를 요청했습니다. 그들은 일종의 인간입니다. 그들은 그들의 문명을 도울 수 있도록 매달 4 명을 보내달라고 요청했습니다. 그러나 우리는 거절하였다. 그 당시 우리 모두는 하나의 참된 세계로 뭉쳐 있는 정부의 일부였습니다. 그런 다음 그들은 자신들의 요구가 관철되지 않으면 이 모든 인간 문명을 끝장낼 것이라고 경고했습니다. 우리는 여전히 그들의 말에 동의하지 않았고, 아니 그들을 믿지 않았다고 말할 수 있으므로, 그들은 우리를 모두 붙잡아 감옥에 가두었습니다. 여기서 시간은 흐르지 않습니다. 올해가 몇 년입니까?

"지금은 2021 년입니다."

어떤 것들은 그녀가 배에서 나에게 말한 것과 일치하기 시작했고, 이제 우리는 실제로 무슨 일이 일어났는지에 대한 세부 사항을 알게 되었습니다. 그들은 내가 살고 있는 지구에 대해 이야기하고 있었다.

우리는 지금쯤 죽었어야 했지만 아직 젊습니다. 여기서 시간이 이상하다, 너희들이 여기 있다는 것은 미래 정부가 그것을 했다는 것을 의미하며,

우리의 희생이 헛수고가 되었다는 것을 의미한다. 한 가지는 당신이 어떻게 살아남았고 여기에서 벗어날 수 있었는지입니다.

그런 다음 우리는 그들에게 내 승무원이 어떻게 죽었는지와 같은 우리의 이야기를 했고, 그들은 그들을 대상으로 실험하고 있었습니다. 이제 우리는 더 많은 사람들이 있지만, 문제는 그들이 당신들이 마침내 우리를 해방시켰다고 말했지만, 만약 그들이 여기서 나간다면, 아마도 그들은 시간에 갇혀서 죽을 것이고, 바깥의 시간은 달랐습니다. 우리는 지금 우리에게 무슨 일이 일어날지 모릅니다. 하지만 우리에게는 선택의 여지가 없습니다. 여기서 벗어나야 합니다. 그들은 우리가 이미 죽었어야 했으니 당장 나가자고 말했다. 우리에겐 죽을 수 있는 선택권이 있고, 마침내 이 어둠에서 벗어날 수 있는 선택권이 있다.

열쇠가 필요하고 돌이 하나로 바뀌었다고 생각했기 때문에 이제 배를 얻거나 다른 세계로 가는 문을 찾기 위해 어떤 종류의 총이 필요합니다. 어쩌면 나는 그것을 할 수 있습니다. 나는 돌멩이 몇 개를 주워서 총을 상상해 보았지만 아무 일도 일어나지 않았다. 몇 번이고 시도했지만 아무 일도 일어나지 않았습니다. 우리 둘 다 돌을 주워서 방어 수단으로 사용해서 돌멩이의 주의를 분산시키고 빠져나갈 수 있었습니다. 다른 사람들을 포함하여 우리 둘은 밖으로 나갔다. 우리가 나왔을 때, 우리에게는 아무 일도 일어나지 않았습니다. 똑같았지만 그 동굴을 지날 때마다 모두 늙기 시작했습니다. 그들의 몸은 쇠약해지고 늙어가다가 마침내 모두 사라지고 재가 되어 이제 그들은 자유로워졌고 다른 삶을 시작할 수 있게 되었다. 우리는 밖으로 나왔고, 외계인들이 우리를 기다리고 있었다. 우리는 그들에게 둘러싸여 도망칠 곳이 없었고, 그들은 우리를 공격하기 위해 다가오기 시작했습니다. 그중 한 명이 내 얼굴을 너무 세게 때려서 이빨이 부러졌지만, 나는 그 외계인을 주먹으로 때렸고, 우리의 싸움이 시작되었다. 우리에겐 돌이 있었기 때문에 총으로 만들려고 했지만 잘 되지 않았습니다. 우리 둘 다 피를 많이 흘렸어. 갑자기 한 외계인이 총을 꺼내 그녀에게 총을 쐈다. 무슨 일이 일어났고, 그 돌은 방패가 되어 그녀를 보호했습니다. 나는 그 방패로 외계인들을 해치웠고, 그 중 두 명은 쓰러졌고, 총은 땅에 떨어졌다. 나는 그것을 집어 들고 발사하기 시작했다. 실은 싸움은 이번이 처음이었지만 싸우는 방법은 이전부터 알고 있었던 것 같았다. 제 생각에는.

나는 그 실험 덕분에 올바른 방법을 배웠다. 우리는 그들을 쏘고 우리 자신을 구하기 위해 달리기 시작했습니다. 만약 그들 중 한 명이라도 온다면, 우리는 살아남을 수 없을 것입니다. "우리를 평행 세계로 연결해 줄 문이나 뭔가를 열어보세요." 내가 말했다.

"뭐야, 어떻게 해야 돼?"

"어쩌면 너의 힘은 그럴 수 있을지도 몰라."

"무슨 소리야? 나는 그 힘을 어떻게 제어하거나 활성화하는지조차 모르는데, 너는 이런 질문을 하고 있구나."

나는 침묵을 지키고 계속 달렸다. 우리는 부두로 올라갈 플랫폼이 있는 항구에 도착했습니다. 우리에겐 총이 있었기 때문에 그곳에 있던 경비병들을 죽였습니다. 우리는 연단으로 갔지만, 승강장은 올라가지 않았습니다.

수백 명의 외계인이 왔고, 우리를 붙잡은 사람이 와서 말을 걸기 시작했습니다.

"너 자신을 항복하라. 당신의 죽음은 고통스럽지 않을 것이며, 우리는 즉시 그것을 끝낼 수 있습니다. 또한 원하는 것을 얻을 수 있습니다."

"안 돼, 씨발." 우리가 말했다.

"아뇨, 아뇨, 아뇨, 아뇨, 이제 저는 무력을 사용해야 해요, 미안해요, 당신의 죽음은 고통스러울 거예요. 소년을 쏴라. 나도 죽은 후에 그에게서 그걸 얻을 수 있어." 한 외계인이 말했다.

총에서 발사된 총알이 나를 향해 날아왔고, 갑자기 똑같은 일이 일어났다: 그녀의 눈이 빨갛게 변하더니 총알이 사라졌다고, 아니 폭발했다고 말할 수 있다. 병사들은 모두 기절했고, 우리를 사로잡은 주인은 머리가 몹시 아픈 듯 머리에 손을 얹었다. 그는 무릎을 꿇고 앉았지만 일어날 수 없었다. 나는 기회를 보았고, 그녀의 손을 잡고 다시 달렸는데, 항구가 작동하지 않았기 때문이었다. 우리는 반대 방향으로 갔다. 이번에는 그녀의 전원이 꺼지지 않았다. 그녀는 내가 말하는 것을 듣지 않았고, 그녀의 전원이 켜지면 그녀의 다른 감각들이 꺼지는 것과 같았다.

갑자기 세상이 흔들리기 시작하더니 우리 앞에 균열이 생기기 시작했다. 세상은 일그러져 있었다. 나는 그녀를 그 틈으로 데려갔고, 그녀는 다시 기절했다. 아무것도 변하지 않았습니다. 우리는 같은 행성, 같은 장소에 있었지만 외계인은 더 이상 우리를 쫓지 않았습니다. 나는 그녀를 팔에 안고 항구로 갔다. 이번에는 경비병이 있었다. 모든 것이 반복되는 것 같았다. 나는 그들을 데리고 나갔고, 그들은 경고를 받고 우리를 쫓아오기 시작했습니다. 나는 항구에 앉아 있었고, 우리는 위로 올라갔다. 우리 배는 이전에 그곳에 정박한 적이 있었지만 그곳에 없었습니다. 나는 잠금 해제된 다른 배를 보았고, 그 배에서 어떤 종류의 작업이 진행되고 있었습니다. 나는 그곳에 올라갔는데, 우리가 누군지 아무도 모르는 것 같았다. 아무도 우리를 막지 않았습니다. 나는 들어가서 그녀를 침대에 눕혔고, 어찌된 일인지 나는 배를 조작하는 방법을 알고 있었지만, 배를 시동을 걸면 배가 날지 않았다. 저는 관제 센터에 무단 도킹 해제가 일어나고 있다는 메시지를 보냈지만, 그들이 알게 된다면 우리가 그것을 받아들이도록 허락하지 않을 것입니다. 여러 가지 방법을 시도해 보았고 마침내 배가 날아갔습니다. 나는 그것을 도킹을 해제하고 가지고 갔다. 자동 조종 장치를 시작하고 워프 모드로 설정하여 빠져 나왔습니다.

깊은 우주의.

그녀는 마침내 깨어났고, 이제 그녀는 무슨 일이 있었는지 기억해냈고, 나는 그녀에게 배에 대해 말했고, 우리는 마침내 그 세상에서 벗어났습니다. 그녀는 우주 지도에 있는 방향을 말해 주었는데, 그것이 그녀가 있는 지구의 방향이었기 때문입니다. 그러는 동안 우리는 모든 것에 대해 논의했다. 이제 우리는 처음으로 평행 우주에 있습니다.

"이봐, 그 실험. 그 안에서 일어난 모든 일은 사실이었다."

"네, 사실이었습니다. 내가 너희에게 말한 것은 참되고, 모든 것이 참되도다."

"그림자와 모든 것의 세계는 어때?" 제가 말했어요.

"어쩌면 사실일지도 몰라요. 우리는 시험을 받고 있었지만, 선생님께 연락했을 때 답을 얻을 수 있을지 모르겠습니다."

"괜찮아"

우리는 더 많은 것에 대해 논의했고 마침내 워프 드라이브가 끝났지만 또 다른 위험이 우리를 기다리고 있다는 것을 몰랐습니다.

챕터 7

우리는 우주에서 그 외계인들에게 쫓기고 있었고, 그들은 우리 우주선을 향해 총을 쏘기 시작했고, 우리도 똑같이 했지만, 우리가 무엇을 해도 그들은 멈추지 않았고, 우리는 지구와 가까웠기 때문에 그녀는 그들에게 연락을 시도했지만, 응답이 없었고, 우리는 그녀의 세계에서 환영받지 못했고, 이유는 알 수 없었지만, 몇몇 우주선들이 지구에서 와서 우리를 향해 발사하기 시작했습니다. 우리는 외계인 우주선에 타고 있었기 때문에 우리가 심하게 붙잡혔다고 생각합니다. 반대편에서 온 우주선은 워프 드라이브를 멈췄고, 지구에서 온 우주선은 발사를 멈추고 돌아갔다. 그 외계인 함선들은 폭파되었다. 반대 방향에서 온 우주선은 우리를 붙잡아 실험에서 보았던 우주 정부로 데려갔습니다. 우리는 거기에 착륙하고 내렸다. 배에 타고 있던 사람은 다름 아닌 그녀의 스승이었다.

우리는 지금 그를 찾는 수고를 겪을 필요가 없습니다.

"어째서 적선에 타고 있는 거지? 무슨 일이 있었던 거죠?" 선생님이 물었다.

"여러분의 도움이 필요합니다. 우리 둘 다에게 무슨 일이 일어나고 있다"고 말했다.

"이 소년, 당신의 남자친구는 누구입니까?"

"아뇨... 아니요... 그는 내 친구지만 다른 평행 우주에서 왔어." 그녀는 부끄러운 듯이 말했다.

그런 다음 그녀는 선생님에게 그 행성과 우리에게 행해진 실험, 그리고 그 실험 후에 무슨 일이 일어났는지, 우리가 어떻게 엉덩이를 구하고 여기로 돌아왔는지에 대해 모든 세부 사항을 설명했습니다. 그 말을 들은 교사는 "나는 누가 너를 도와줄 수 있는지 알아. 저는 이것에 대해 잘 모르지만, 이것을 초인적인 능력이라고 부르며, 이 능력은 DNA 편집을 통해 태어날 때 과학적, 유전적으로 당신에게 추가됩니다. 오직 첨단 과학만이 이 일을 할 수 있습니다. 당신이 이곳에서 태어났기 때문에 이런 힘을 가지고 있다는 것은 이해할 수 있지만, 그가 어떻게 그것을 가지고 있는지는 의문입니다. 그 사람이 너를 도와줄 거야." 선생님이 말했다.

"그 사람은 누구이며, 우리는 어디에서 그를 찾을 수 있습니까?" 우리 둘 다 물었다.

"그는 제 친구이고 화성에서 학교를 운영하고 있습니다. 당신은 그를 만나기 위해 그곳을 방문할 수 있습니다. 이봐, 에이바, 신분증을 보여주세요. 그때 너를 만나게 해 줄 거야."

"알았어, 알겠어." 그녀가 말했다.

우리는 그녀의 선생님에게 감사를 표했습니다. 그는 정말 좋은 사람이었고 우리를 많이 도왔습니다. 이제 우리는 우주선에서 화성으로 가야 하는데, 30 분밖에 걸리지 않을 것입니다.

화성의 문명이 어떻게 보이는지, 그리고 그 붉은 행성이 현실에서 어떻게 보이는지 정말 보고 싶었습니다. 그는 우리에게 889-JIZP SHIP 을 줬는데, 그것은 지구문명공공법에 따른 것이어서 지구가 우리를 쏘지 못하게 했다. 우리는 화성에 탑승하여 화성을 향한 여행을 시작했고, 이제 30분의 자유 시간이 생겼습니다. 우리는 이야기를 나누고 식사를 했습니다. 드디어 목적지에 도착하여 화성에 착륙했습니다. 분명히 화성에는 그 외계 행성이나 우리가 그 실험에서 경험한 행성과 같은 도킹 시스템이 없었습니다. 그곳에 착륙한 후, 우리는 도시에 도착할 수 있는 우주복을 제공받았습니다. 우리는 오픈카를 통과해야 했습니다. 화성에는 생명체가 살 수 있는 산소가 충분하지 않고, 대기도 얇아서 우주복을 입지 않으면 죽을 것입니다. 그것들을 착용 한 후, 우리는 도시에 도착하는 데 1시간이 걸리는 그 차에 앉아있었습니다. 그래서 지루하지 않았습니다. 그녀는 나에게 이 행성에 대한 모든 세부 사항을 말하기 시작했다.

나는 그녀에게 내가 이런 종류의 것들, 우주와 다른 세계의 과학을 얼마나 좋아하는지 말했다.

"이 세상의 화성은 다섯 부분으로 나뉘어져 있으며, 각 부분은 다른 이름을 가지고 있습니다.

첫 번째 부분은 살아있는 종이 없고 우주에서 세계의 다른 지역으로 사람들을 데려가는 데만 사용되는 황량한 부분이었습니다. 이 부분은 행성에서 광물을 채굴하는 데에도 사용됩니다. 두 번째 부분은 녹색 땅입니다. 이 부분에는 큰 돔으로 덮여 있고 지구의 1/3 을 차지하는 경작지와 농경지가 있습니다. 이것들은 식량 생성 과정에 사용되며 나중에는 행성을 테라포밍하는 데 사용될 것입니다.

세 번째 부분은 바다 부분입니다 - 이 부분은 물을 얻는 데 사용되며, 제 세계에서는 화성에 지구상에서 가장 큰 바다가 있었는데 건조하지만 얼음 입자가 포함되어 있기 때문에 그 얼음을 녹이고 그 주변에 돔을 지었고 이제 바다가 흐르고 그 행성에 필요한 모든 물을 충족시킵니다.

4 부분은 사람들이 사는 도시 지역입니다. 국가는 없고 문명이 있는 대도시는 하나뿐입니다. 도시는 도로, 시장, 주택, 큰 건물 및 기타 인간의 필요가있는 큰 돔 인 돔으로 덮여 있습니다. 이 돔은 북극과 남극 등 지구의 거의 모든 부분을 덮고 있으며 모든 것이 여기에 있습니다. 인위적인 계절, 인위적인 날씨 등 자연적으로 일어날 수 없는 일들이 있습니다. 우리는 우리가 구매하는 지역의 통제권을 살 수 있고, 날씨와 마찬가지로 우리의 필요에 따라 계절을 바꿀 수 있습니다. 저렴하지는 않지만 할 수 있습니다. 모든 것을 여기에서 구입할 수 있습니다. 도시 돔에는 다양한 지형이 있습니다. 일부는 평야, 산, 사막 등이며 대부분의 사람들은 평야에서 사는 것을 선호합니다.

우리가 가는 곳도 평야입니다. 여기에는 비행 자동차와 도로 자동차가 있습니다. 돔 내부에서는 낮과 밤의 주기도 작동하지만 돔이 투명하기 때문에 낮과 밤이 행성의 영향을 받기 때문에 이것은 자연스러운 현상입니다. 단 하루는 지구와 거의 같습니다. 단지 40 분만이 추가이므로 인위적으로 만들 필요가 없습니다. 중력은 어쩐지 같지만, 몇몇 기계들은 우리에게 적절한 중력을 주기 위해 이 돔의 지하에서 일하고 있다. 이 행성의 다섯 번째 부분은 외계 문명입니다."

"외계 문명이요?"

"네, 처음 로봇을 보냈을 때 아무것도 찾지 못했기 때문에 2015 년에 유인 탐사선을 보내 외계 문명이 살고 있다는 것을 알아냈습니다

지하철. 그들은 기술적으로 발전하지 않았기 때문에 지상에서 살기 위해 어떻게 올라와야 할지 몰랐습니다. 우리가 그곳에 도착했을 때, 우리는 통역사를 통해 그들과 대화를 나누었고

그들이 지상으로 올라갈 수 있도록 도와주겠다고 제안했지만, 그 대가로 그들은 우리가 우리 문명을 이곳에 살게 해야 했고, 처음에는 다른 종족이 여기에 사는 것을 원하지 않았기 때문에 우리와 논쟁을 벌였지만 이것은 우리 모두의 이익을 위한 것이고 그들은 동의했고 우리는 그들을 위해 이 지역을 건설했습니다. 그러나 그들도 우리 지역에 절대 들어오지 않기 때문에 우리는 그 지역에 들어가는 것이 제한됩니다. 그녀가 나에게 이 모든 것을 말하고 있는 동안, 우리는 돔의 문에 도착했고, 그녀가 신분증을 보여주자 문이 열렸다. 문이 열리는 것은 매우 시원했고 우리는 들어갔습니다. 우리는 평원 지대에 있었습니다. 이 차는 정문까지만 우리를 지원했기 때문에 우리는 입구 사무실에서 멈췄습니다. 차가 우리를 떨어뜨렸다. 우리는 안으로 들어가 우주복을 벗었고, 우리가 가려고 했던 지역은 여름으로 설정되었습니다. 우리는 여름 옷을 입었습니다. 내가 먼저 변했고, 그 다음에 그녀가 변해서 나왔고, 나는 계속 그녀를 바라보았다.

"뭐? 왜 나를 쳐다보는 거야?" 라고 물었다.

"멋져 보이네요."

"고맙습니다." 그녀는 얼굴을 붉혔다.

"헤헤."

"좋아, 우리가 왜 여기에 왔는지에 대한 이야기로 돌아가."

여기서 돈은 우리 신분증에 있었습니다. 이 카드는 어디에서나 사용할 수 있습니다. 도처에 기차 서비스가있었습니다. 일반 열차 같았어요. 우리는 그곳에 앉아서 학교에 도착했다. 겉으로 보기에는 평범한 고등학교처럼 보였다. 우리는 들어갔고, 리셉션에서 우리가 찾고있는 사람을 물었습니다. 그들은 그가 지금 수업을 듣고 있지만 그의 수업이 끝난 후에 그를 만날 수 있다고 말했습니다. 우리는 거기에 앉아 있었고, 내부는 멋져 보였습니다. 우리는 미래지향적인 학교에 있는 것 같았고, 아니면 초자연적인 학교에 있는 것 같았습니다. 모든 것이 마법처럼 떠다니고 있었다. 이 학교는 어떤 학교였습니까? 생각했다.

얼마 동안 기다린 후, 우리는 마침내 그를 만날 기회를 얻었습니다. 그녀는 그에게 인사를 하고 모든 것을 털어놓았다. 그의 반응은 이랬습니다, 좋아요, 그건 새로운 게 아니에요, 뭐랄까요?

그는 우리를 사무실로 데리고 가서 모든 것을 말해 주었습니다. 그는 우리에게 그녀가 DNA 편집을 통해 페티에 있을 때 유전자 조작을 했다고 말했고, 그녀의 부모가 군대에 있었기 때문에 그녀도 복무할 것이라는 증서에 서명했으며, 그래서 그녀가 염력의 힘을 부여한 이유이며, 그녀는 물체를 움직이고, 폭발을 멈추고, 그 이상을 할 수 있다고 말했습니다. 한 가지 함정이 있었다: 사람들은 DNA 편집 후에 태어나지 않으며, 그 과정을 거쳐 생명을 얻을 수 있었던 사람은 단 10명뿐이었다. 그 중 한 명이 에이바입니다. DNA 편집 후 부여할 수 있는 능력은 염력, 차원 여행, 초강력 세 가지뿐이었습니다. 실험 후, 25세가 되면 발동할 예정이었던 그녀의 힘은 지금 깨어났지만, 그 사용법, 발동하는 법, 통제 불능 상태가 되지 않는 법 등을 배워야 한다.

"왜 밖에는 물건이 떠다니는 거지? 여기 염력을 가진 사람들이 더 있나요?" 라고 물었다.

"아뇨, 그건 그냥 반중력이에요." 그가 말했다.

자, 나, 그가 말하길, 너한테도 똑같은 일이 일어났던 것 같아. 그는 제 부모님의 이름을 물었고, 제 아버지의 이름을 듣고는 충격을 받았고, 저를 충격에 빠뜨린 말을 했습니다. 그는 당신의 아버지가 DNA 편집 기술을 연구하는 이 세상의 위대한 과학자였으며 이 기술을 발명했다고 말했습니다.

"하지만 나는 여기 출신이 아니야. 나는 다른 우주에서 왔어."

그런 다음 그는 아버지와 어머니가 나에게 결코 말하지 않은 이야기를 들려주었습니다. 제가 어머니와 이 문제에 대해 이야기할 때마다, 어머니는 항상 "너는 너무 생각이 많고 그런 것들만 하고 있다고, 나는 내 대답을 절대 얻지 못한다"고 말씀하셨다. 여러 가지 일들이 나에게 일어나고 있었는데, 왜 나는 그 실험에 말려들게 된 것일까? 그가 나에게 말한 후 모든 것이 명확해졌다.

그는 당신의 아버지가 DNA 편집을 발명했을 뿐만 아니라 DNA 편집이 사람들을 다른 세계와 다른 평행 우주로 여행하게 할 수 있다는 공식을 발명했다고 말했습니다. 그는 다른 차원으로 통하는 문을 열 수 있는 유일한 사람이었다.

"우주의 고리에 대한 이론을 아십니까?"

"아니, 그게 뭐야?"

"이것이 사실인지 아닌지는 알 수 없지만, 어떤 사람들은 우리의 공간이 내부 고리, 외부 고리 및 끝 고리의 세 부분으로 나뉜다고 믿습니다.

어떤 사람들은 우주는 내륜이 먼저 나오고, 그 안에는 평행 차원이 있고, 일반 차원에는 은하가 있고, 그 다음에는 행성과 사람이 사는 구조를 가지고 있다고 말합니다. 우리 모두는 내면의 고리 안에 살고 있습니다. 바깥쪽과 끝 고리는 여전히 수수께끼입니다. 어떻게 가야 하는지, 거기에 무엇이 있는지 아무도 모릅니다. 당신의 아버지가 다른 평행 및 투명 차원으로 여행하는 데 도움이 될 수 있는 기술을 발견했을 때 유출되었고 다른 사람들이 그것을 사용하여 다른 평행 우주 사이를 여행했습니다. 그것이 그녀가 얻은 방법이며, 그것은 DNA 편집 능력으로 변환되었습니다. 불행히도, 당신의 아버지가 당신이 태어난 곳인 다른 평행 우주로 여행한 후, 그는 약간의 연구를 했고 다시는 돌아오지 않았습니다. 너를 보는 것은 그가 거기서 결혼하고 너를 낳았다는 것을 의미하는데, 그것은 너의 아버지가 이런 종류의 권력을 가지고 있었기 때문이야. 그의 DNA 가 당신 안으로 들어갔고, 어찌된 일인지 당신은 이 힘을 얻었지만, 여전히 뭔가 이상합니다. 우리는 새로운 힘을 만들기 위해 수백만 번의 시도를 했지만 그 중 어느 것도 성공하지 못했습니다. 어디서든 무언가를 창조할 수 있는 힘은 우리의 과학이 아무리 발전해도 불가능한 일이다. 우리가 가져야 할 힘은 그녀와 같은 다른 우주로 여행하는 것이지만, 여러분은 그런 것을 가지고 있지 않습니다. 그 외계인들은 당신의 힘을 원했고, 당신이 차원을 여행할 수 있는지 없는지, 또는 당신이 어떻게 물건을 만들었는지 보고 싶어했습니다.

"내 힘은 정확히 무엇인가?"

"처음 보는 것이기 때문에 확신할 수 없지만, 당신이 나에게 말한 바에 따르면, 당신은 이 세상에서 원자를 변형시켜 단단한 형태를 가진 모든 것을 만들거나 지울 수 있습니다."

"왜 그들은 우리의 뇌를 노린 것일까?" 나는 어리석은 질문을했다.

"당신의 힘은 당신의 무의식 속에 저장되어 있으므로 훈련 없이는 접근할 수 없습니다. 그래서 그들이 너희 둘에게 실험을 한 거야. 그들은 그 힘을 깨우고 싶었는데, 깨어남 없이는 그 힘을 자신에게 전달할 수 없고, 설령 성공한다 해도 그 DNA 가 그들의 몸에서 작동하지 않을 것이기 때문입니다."

모든 것이 명확하다는 말을 들은 후, 나는 내 행성의 달이 멀리 가고 있는지 물었다.

그는 실험에서 이루어지는 모든 것은 과학적 연구에서 만들어진 상황이고, 그 외계 종족은 미래를 예측할 수 있는 단 한 사람을 가진 사람들이기 때문에 과학이 달이 지구에서 멀어진다고 말하는 것처럼 사실이라고 말할 수 있다고 말했습니다. 그러나 그 속도는 수십억 년이 걸릴 것 같다.

"사람마다 말하는 게 다르잖아요. 진실을 아는 사람은 아무도 없습니다. 실험이 현실을 보여준다면 어떻게 해야 합니까? 앉아서 앞으로 무슨 일이 일어날지 봐야 할까요?" 나는 큰 소리로 말했다.

"방법이 있긴 하지만, 그건 매우 위험하고, 그 안에서 죽을 수도 있어."

"뭐야? 말해 봐." 제가 말했어요.

"너를 납치한 외계인의 행성으로 가라."

"뭐? 그게 무슨 소리죠? 우린 그냥 거기서 도망쳤어요." 그녀가 말했다.

"다른 방법은 없을까요? 라고 물었다.

"있긴 하지만, 우리가 너희 차원의 모든 사람들을 다른 행성으로 데려갈 수는 없어. 그들은 우주 여행과 다른 생명체를 볼 준비가 되어 있지 않습니다. 차원들 사이의 균형이 깨질 거고, 누가 알겠어요, 그들이 전쟁을 시작하든지 말이죠."

"다른 하나는 뭐야?"

"신의 행성으로 가서 그걸 막거나 절대 일어나지 않게 해라."

그가 우리에게 신의 행성에 대해 말했을 때, 우리는 그것이 존재한다는 것을 확신했고 또한 그 실험이 현실을 보여주었다고 말할 수 있었습니다. 어쩌면 그 실험은 우리가 생각할 수 없는 다른 것이었을지도 모른다. 나는 우리에게 주어진 지도가 진실이라고 생각하지 않는다, 어쩌면 다른 것들도 가짜일지도 모른다, 우리는 그에게 그 행성에 어떻게 갈 수 있는지 물었다 그는 우리에게 행성이 이 세상에 없고 우리는 우주선으로 그곳을 여행할 수 없다는 전설이 있다고 말했다. 그것은 어떤 다중우주나 차원에서도 오지 않으며, 시간이 존재하지 않고, 아무도 죽지 않고, 아무도 태어나지 않고, 누가 살고 있는지 아무도 모르는 곳이지만, 우리가 아는 한 가지는 그곳으로 갈 수 있는 길을 가진 오래된 책이 있다는 것입니다.

"우주에 있는 고리는 어때? 다른 링처럼 거기에 있을 수 있을까요?" 라고 물었다.

"반지는 이론일 뿐입니다. 그것이 사실인지 아닌지는 아무도 확인하지 않았습니다. 대부분의 사람들은 이것이 거짓이라고 말하고 있습니다. 우리에겐 공간이 하나밖에 없어요."

"아, 알았어."

"그 책은 어디서 찾을 수 있을까요?" 라고 물었습니다.

"확실하지는 않지만, 그곳이 어디인지는 알 것 같아요. 제 할아버지의 증조할아버지가 이 책을 조사하다가 그 책을 발견했으니, 아마도 오래된 도서관에서였을 겁니다. 가서 확인해보자고."

"우리가 그곳에 가서 스스로를 방어하기 위해 우리의 힘을 사용할 수 있도록 그 훈련을 받을 수 있는 방법이 있습니까?"

"그런 훈련을 시킬 수 없어."

"왜요?" 라고 물었습니다.

"정부는 이곳에서 DNA 편집을 금지하고 있으며, 이러한 능력은 위험하고 그 권한을 가진 사람들이 다른 사람들에게 해를 끼칠 수 있기 때문에 특별한 권한을 가진 사람은 화성 법에 따라 감옥에 있어야 합니다."

"그 법은 어리석어요." 나는 말했다.

"그것에 대한 답은 없습니다. 그것은 법이고, 우리는 그것을 직시해야 한다"고 그는 말했다.

"뭐야 젠장."

"글쎄요, 그렇게 열심히 훈련을 받고 싶다면, 방법이 있습니다."

"우리에게 무엇을 말해 주는가?"

"화성에는 그 법칙이 있지만, 지구에는 이에 관한 법칙이 없습니다. 당신을 도울 수 있는 사람이 있습니다. 그는 군 복무 중이었고 지금은 은퇴했습니다."

"지구에서 그를 찾을 수 있는 곳은 어디인가?" 라고 말했습니다.

"확실하지는 않지만, 연락드리겠습니다."

그렇게 말한 후 그는 그에게 연락을 시도하고 연락을 취했습니다. 그는 우리에게 지구상의 NYSC 100 층에 있는 높은 YOS 건물로 오라고 말했습니다. 이 대화 후, 우리가 지구에 가기 전에 우리는 그 책을 원했습니다. 그래서 그는 벽의 특정 영역에 손을 대었고 모든 벽이 뒤로 물러나기 시작했습니다 그리고 새로운 지역이 발견되었습니다 그것은 이 우주의 모든 책이 발견되는 비밀스러운 오래된 도서관이었습니다, 우리는 아무 문제 없이 그 책을 찾았지만 문제는 나중에 발생했습니다. 그 책은 그 외계인들만이 읽을 수 있는 고대 언어로 쓰여졌지만 어쩐지 그녀는 그것을 읽을 수 있었고, 이상했지만 그녀가 다른 토착 언어를 읽는 것만큼 유창하게 읽는다는 것은 사실이었다. 그녀는 그 책에는 신의 행성에 대한 세부 사항과 거기에 도달하는 방법에 대한 세부 사항이 적혀 있지만 행성이 아니라 우리 우주나 다른 차원에 존재하지 않는 다른 세계라고 적혀 있다고 말했습니다. 그것은 생명의 터널로 알려져 있습니다. 그곳은 우주의 종말로 알려져 있으며, 우리는 우주선을 이용하여 그곳에 갈 수 없지만, 그곳에 가는 특별한 의식이 있습니다. 기술은 우리가 거기에 도달 할 수 없을 정도로 발전하지 않았으므로 오래된 방법이 우리를 도울 것입니다. 그 의식은 다시 한 번 우리에게 도전이었지만, 우리는 그것을 해내고자 하는 동기를 부여받았습니다.

챕터 8

이 의식은 4개의 유물이 있을 때만 할 수 있으며, 모든 유물을 특정 순서로 배치할 때 빛나는 특별한 돌이 있습니다. 우리는 그것들을 가지고 있지 않지만, 우리가 그것들을 찾을 수 있는 곳에 기록되어 있습니다. 좀 더 읽은 후, 우리는 그들이 우리에게 진행한 실험이 다중 현실이라고 불리며 현실과 연결되어 있다는 것을 알게 되었습니다. 그러니까 우리의 영혼은 정말로 그 모든 장소로 여행을 떠났고, 그것은 그런 장소들이 실제로 존재한다는 것을 의미하며, 우리는 자신도 모르게 세 가지 유물을 가지고 있습니다. 어쩌면 그 외계인들도 신의 행성에 도달하기 위해 그걸 손에 넣으려고 했을지도 모른다. 그래서 그들은 유물이 우리의 영혼에서 해방될 수 있도록 실험이 끝난 후 우리를 죽이려고 했습니다. 간단한 언어 책은 우리가 실험을 통해 그곳에 도달했을 때, 예를 들어 우주선 엔진이 고장 났고 다른 하나는 외계인에 의해 조종되지 않는 것과 같은 우리에게 일어나고 있는 일들을 통해 모든 것이 우리를 다른 장소로 데려간 에너지의 끌어당김이 있었기 때문에 일어났다고 말합니다. 마치 그렇게 될 예정이었던 것처럼. 이 책은 또한 그 유물들이 생명, 죽음, 미래, 정신력의 네 가지 요소의 에너지라고 말합니다. 나는 내 검에 찔렸을 때의 죽음, 친구가 짝사랑하는 사람과 함께 나를 배신했을 때의 정신력, 그리고 우리가 시간 여행을 할 때의 미래, 즉 아직 하나가 남아 있는 미래라는 세 가지를 경험했다. 이 모든 것이 판타지 마법 이야기처럼 보이지만, 그 에너지 사이에 어떤 과학이 저장되어 있는지, 누가 그것을 만들었는지 누가 알겠습니까? 우리는 마지막 것의 위치를 얻었습니다. 우리는 또한 신의 행성에 대해 조금 배웠습니다. 라는 문구가 적혀 있었다.

"무언가는 진실일 수 있다" 이것은 저를 많이 생각하게 만든 것이었지만 결국에는 우리가 그것을 무시하고 그 유물을 얻기 위해 마지막 장소로 가야 한다는 것을 이미 알고 있기 때문에 이 문장에서 아무 것도 나오지 않았습니다. 하지만 우리가 가야 할 행성이 존재하지 않기 때문에 그것은 이상한 일이었습니다.

9번째 행성은 위치를 알 수 없기 때문에 9번째 행성에 도달하는 방법을 모릅니다. 그것이 어디에 있는지는 아무도 모릅니다. 이 진보된 우주에서도, 이 행성은 여전히 미지의 세계이다. 우리는 그것에 대해 더 조사하기 시작했고 우리를 도울 수 있는 사람이 있다는 것을 알게 되었습니다. 그는 화성에 살고 있었지만 그 종족 중 하나였기 때문에 행성의 외계 쪽에 있었고 우리는 행성 간 전쟁 같은 큰 이유 없이는 그 돔에 들어갈 수 없었습니다. 이 상황에서 이것이 우리의 유일한 방법이었기 때문에 더 이상 생각하지 않고 우리는 그 돔으로 갔고 경비원은 우리를 들어 올리지 못했습니다. 우리는 그들과 이야기를 나눴지만 여전히 응답이 없었습니다. 갑자기 나이 지긋한 외국인이 들어와서 답을 얻으려면 우리에게 뭔가를 제공해야 한다고 말했고, 우리는 그에게 물었고 그의 말은 우리를 충격에 빠뜨렸습니다. 그는 그 모든 것을 알고 있었고, "당신이 신의 행성에 도달한다면, 우리를 구해주세요, 우리를 보존해 주세요"라고 말했습니다. 우리는 정말로 아무것도 이해하지 못했지만 우리는 동의했고, 그는 우리에게 진실을 알고 있는 외계인을 만나게 해줬고, 우리는 안으로 초대받지 못했지만, 그는 불려나갔고, 그는 9번째 행성이 존재하지만 지구의 과학자들이 그것을 숨기고 있기 때문에 아무도 당신에게 그 존재를 말하지 않을 것이라고 말했습니다. 나는 법을 어기고 있지만, 그 이유는 간단하고, 포포가 너에게 말해줬다고 생각해.

"뽀뽀?"

"전에 널 만났던 그 외계인."

"알았어, 알았어."

"그렇다면 그들은 왜 그것을 숨기고 있으며, 어떻게 거기에 도달하는 것일까?" 라고 물었다.

"너 자신을 찾아봐. 나는 다른 법을 어기지 않을 것입니다. 위치는 해왕성과 명왕성 사이에 먼지 구름으로 덮여 있지만 정확한 위치는 아무도 모릅니다. 너 스스로 알아내야 해."

우리는 그 외계인에게 고맙다고 말했고, 돌아가는 길에 그는 우리를 겁에 질리게 하는 말을 했습니다.

그가 왜 그렇게 말했는지는 알 수 없습니다. 우리는 실험 속의 괴물 악마와 외계인으로부터 도망쳤습니다. 무엇이 두려울 수 있겠는가?

우리는 그에게 고맙다고 말하고 배로 갔습니다. 처음에 우리는 그 훈련을 받기 위해 지구로 가려고 했고, 그 후에는 마지막 인공물을 찾으러 갔습니다. 30 분 만에 우리는 광속 기술을 사용하여 지구에 도착했습니다. 지구는 매우 발전되어 있었다. 우리는 우리에게 주어진 주소에 도착했는데, 그것은 지구상에서 가장 높은 건물이었습니다. 우리는 들어갔고, 우리는 이미 주인과 연락을 취했기 때문에 그는 우리를 매우 친절하게 환영했지만 그것은 모두 우리에게 교훈을 주기 위한 것이었습니다. 제가 악수를 하려고 하자 그는 손을 내밀어 제 손을 잡고 저를 바닥에 내동댕이쳤고, 저는 심하게 다쳤습니다.

"도대체 뭘 하고 있는 거라고 생각해?" 그녀는 말했다.

"글쎄요, 화내지 마세요. 당신은 훈련을 위해 여기에 왔습니다. 과학이 당신에게 준 그 힘을 가볍게 여기지 마십시오."

"무슨 말씀이세요?" 제가 말했어요.

"당신의 훈련은 지금부터 시작됩니다. 일어나서 준비해라." 그가 말했다.

이 모든 일이 있은 후, 우리는 그를 따르는 것 외에는 선택의 여지가 없었기 때문에 그렇게 했습니다. 그는 우리를 훈련실로 데리고 가서 기본적인 체육관 운동을 하라고 말했습니다. 이것이 어떻게 우리가 가진 힘을 위해 우리를 훈련시킬 수 있겠습니까? 우리는 물었지만, 그는 우리에게 그 힘을 활성화하고 우리의 의지에 따라 비활성화할 수 있는 몸을 유지해야 한다고 말했습니다. 그 DNA 는 매우 강력합니다. 그는 우리에게 다양한 종류의 훈련을 시켰고, 우리는 거의 한 달 동안 훈련했다. 그는 우리가 충분히 훈련했다고 말했다. 한 가지 문제가 있었다: 그녀는 충분한 훈련을 받았고, 심지어 힘든 두뇌 운동도 이겨내서 염력을 제대로 발휘할 수 있었다. 저의 경우, 누군가가 이런 힘을 가진 것이 처음이었기 때문에 어떻게 해야 할지 몰랐기 때문에 그는 단지 제 힘을 더 좋게 만드는 데 도움을 주었습니다. 그래도 한 달의 훈련으로 이렇게 큰 일을 할 수 있다는 사실에 놀랐고, 한 번도 힘을 쓰지 않았다는 사실에 그에게 물었다. 그는 이 훈련은 단지 당신의 몸의 힘을 키우는 것이며, 이제 당신은 어떻게든 그 힘을 해제해야 하고, 그것이 해제되면 당신은 그것을 통제할 수 있다고 말했습니다. 우리는 어떻게든 그것을 이해했습니다. 이제 우리는 신의 행성에 갈 준비가 되었습니다. 우리는 배를 타고 광활한 우주로 들어갔다.

우리의 여행은 이틀이 걸릴 예정이었습니다. 1일째는 해왕성으로의 여행입니다.

그 후, 우리는 수색을 시작하고 그 먼지 구름 속으로 들어가야 했습니다.

우리가 그 방향으로 가기 시작하고 빛의 속도가 시작되자, 우리는 이제 자유로워졌고 할 일이 없었기 때문에, 나는 우리끼리 게임을 하고 훈련도 하자고 제안했다. 나는 그녀에 대해 더 알고 싶었기 때문에 우리는 진 사람이 승자에게 진실을 말하는 카드 게임을 하기로 결정했습니다. 이 게임에는 여덟 라운드가 있었고 게임이 시작되었습니다. 첫 번째 라운드는 그녀가 이겼고, 그녀는 질문을 던졌습니다. 그녀는 나에게 이것에 대한 나의 삶이 어땠는지 등 나에 대한 모든 것을 말해 달라고 요청했고, 나는 그녀에게 대답했다. 다음 다섯 라운드도 그녀가 승리했습니다. 나는 그녀가 이 카드 게임에서 이렇게 대단한지 몰랐고 그녀의 질문은 모두 내 삶에 관한 것이었고 그녀는 내 짝사랑과 내 연애 생활에 대해 묻기 시작했고 나는 그녀에게 5 분 이상 어떤 여자와도 이야기하지 않았다고 말했다. 그리고 마침내 나는 그 라운드에서 이겼고, 나는 그녀에게 같은 것에 대해 물었다. 몰라요. 나는 그녀에 대해 모든 것을 알고 싶었다. 실험 중에도 함께 보낸 시간은 우리에게 몇 년 같았다. 그녀는 자신에 대한 모든 것을 나에게 말했고, 나는 그녀가 누군가와 사랑에 빠지지 않았다는 사실에 다소 행복하고 안도했다. 저에게는 행복한 순간이었습니다. 시간이 지나고 보니 그녀에게 빠져들기 시작한 것 같은데, 가장 친한 친구가 나에게 한 모든 것을 알고 있는 등 신뢰에 문제가 있다는 문제가 있었기 때문에 내가 그녀를 좋아하기 시작하고 우리가 서로를 구하기 위해 함께 싸우는 데 많은 시간을 보냈다고 해도 이 정도면 신뢰를 얻을 수 있을 것입니다. 그러나 내 마음은 아무도 믿지 않았다. 우리는 경기를 하고 있었고, 마지막 라운드가 끝나고 늦은 시간이었다. 우리는 밤인지 낮인지 알 수 없었기 때문에 다음을 확인할 수 있는 자체 시계가 있었습니다: 새벽 2 시였고 아직 여정에 하루가 남았습니다. 우리는 우리 둘 다를 위해 2 개의 다른 방을 가지고 있었다. 우리는 그녀의 방에서 놀고 있었기 때문에 게임을 한 후 나는 침대에서 일어나 내 방을 향해 걷기 시작했지만 그녀는 내 손을 잡았다.

"가지 마," 그녀가 말했다.

그것은 이상했고 전에 한 번도 일어난 적이 없었으며, 나는 그녀가 울고 있는 것을 보았다. 그녀의 눈에는 눈물이 고여 있었다. 마치 그녀가 나에게 뭔가를 숨기고 있는 것 같았지만, 그녀의 상태에서 그녀에게 물어볼 용기가 없었다. 왜 갑자기 울기 시작하는지도 몰랐다. 저는 침대 위에서 어머니 옆에 앉았고, 어머니는 저를 꼭 껴안으며 "당신이 정말 좋아요"라고 말했습니다. 나는 용기를 내어 그녀를 좋아한다고 말했고, 나도 그녀를 사랑한다고 말했다. 처음에는 자신을 위해서만 사이좋게 지내다가 신의 행성에 가서 부모님을 데려오고 싶었는데 혼자서는 불가능했기 때문에 나를 여러 곳으로 데리고 가서 단서를 얻는 등의 일을 했지만 얼마 지나지 않아 나와 사랑에 빠졌다고 말했다. 이유는 알 수 없었고, 처음에는 그저 집착이었으나 결국 사랑으로 바뀌었다.

"저를 용서해 주시겠습니까?" 라고 물었다.

"넌 아무 잘못도 하지 않았어. 자신을 위해 무언가를 하는 것은 잘못된 것이 아닙니다. 사과하지 마세요. 당신은 나를 위해 많은 일을 하셨습니다. 가장 좋았던 건 너를 만난 거였어."

"선물을 드릴까요?" 그녀가 말했다.

"무슨 선물이요?"

"그냥 예 또는 아니오로 대답하십시오."

그녀는 내가 거절할 수 없는 방식으로 요청했기 때문에 나는 그렇다고 말하고 그녀에게 선물을 달라고 했습니다. 그런 다음 그녀는 "우리가 모든 유물을 찾고 당신의 행성을 구한 후에 당신에게 주겠습니다."라고 말했습니다. 나는 그 말에 동의했고, 우리는 서로를 쳐다보기 시작했다. 우리의 얼굴은 빨갛게 충혈되어 있었지만 그녀는 여전히 울고 있었고, 나는 다시 한 번 용기를 내어 왜 울고 있는지 물었다. 갑자기 무슨 일이 일어났습니까? 내가 묻기 시작하자 그녀는 내 입을 그녀의 입으로 막았고, 우리는 처음으로 키스를 했다. 나는 여자에게 키스했다. 우리의 감정은 흘러 넘쳤다. 그녀의 행동처럼 사실이 되고 싶지 않은 것들이 내 마음속에 떠올랐다. 뭔가 이상했던 것이 분명했다. 그녀는 결코 허를 찔리지 않았고 항상 강해 보였다. 키스를 한 후, 그녀는 나와 함께 옷을 벗었고, 나는 처음으로 사랑을 경험했다. 우리의 몸은 서로 닿았고, 감정이 우리 안에서 흘러나왔다. 다음 날 아침, 그녀는 일찍 일어나 우주 지도를 보았다. 나는 그녀에게 가까이 다가갔고, 그녀는 얼굴을 붉혔지만, 얼마 후 그녀는 평소처럼 나에게 이것저것 주문하는 모습을 보였고, 우리는 먼지 구름 속을 들여다보았고 정말로 저 밖에 행성이 있다는 것을 알아냈다. 누군가가 그 행성을 실제로 본 것은 이번이 처음이었다. 왜 그런지는 모르겠지만, 과학자들은 아직도 이 첨단 기술이 발달된 세상에서 이 행성을 못했습니다. 이상하다. 여기에 문제가 있습니다. 우리가 행성 근처에 도착한 후, 그 세계에는 아무도 살고 있지 않았기 때문에 어디에 착륙하고 도킹해야 할지 확신할 수 없었기 때문에 기술이 그곳에 존재하지 않았습니다. 어떻게 하면 그 먼지 구름을 통과할 수 있을까요? 그들은 먼지 구름 일뿐만 아니라 번개로 덮여 무섭게 보였기 때문에 매우 위험해 보였습니다. 그들에게 더 가까이 다가간다면 우리는 죽을 것이지만 선택의 여지가 없었습니다. 그것이 우리의 유일한 선택이었습니다. 더 이상 생각하지 않고 우리는 그 행성으로 항로를 정했고, 우리 우주선은 그곳을 향해 움직이기 시작했습니다. 우리가 먼저 먼지 구름 속으로 들어갔을 때 거대한 번개가 우리 배를 강타했고, 우리의 방패 지역이 손상되었습니다. 다행히 생명 유지 장치는 여전히 손상되지 않았고 우리는 숨을 쉴 수 있었습니다. 방패가 파괴되면서 배가 많이 흔들리기 시작했고 배에 균형을 잡을 수 없었습니다. 우주선은 많이 회전하기 시작했고 균형을 잃었고, 이제 우주선은 매우 빠른 속도로 행성을 향해 가고 있었고, 우리는 충돌할 예정이었습니다. 어쨌든 우리 둘 다 조종권을 잡고 함선의 명령을 처리하여 함선을 조종할 수 있었지만, 대기가 우리를 빨아들이고 있었기 때문에 여전히 속도를 제어할 수 없었습니다. 한동안 우리는 지구에서 추락할 것이라고 생각했지만 구원받았습니다. 우리 둘 다 힘이 풀렸고, 내 힘이 착륙 표면에 닿았다. 그녀의 힘이 배를 장악했고, 이제 배는 우리나 배에 아무런 해를 끼치지 않고 성공적으로 착륙했습니다. 우리는 그곳의 분위기가 이상했기 때문에 우주복을 입었습니다. 대기가 매우 희박한 상태에는 산소가 없었고, 그 대기가 무엇으로 구성되어 있는지조차 분석할 수 없었습니다. 그런 다음 우리는 배에서 내렸고, 배의 문이 열리자 바람이 우리 우주복에 닿았고, 우리는 산이 눈으로 덮여 있는 것을 보았습니다. 그때 눈보라가 몰아치고 있었습니다.

그 폭풍은 우리가 올바른 방향으로 나아가는 것을 어렵게 만들고 있었습니다. 눈이 헬멧에 계속 쌓이고 시력이 계속 저하됩니다.

"잠시 기다려 봅시다. 이런 날씨에는 그 유물을 찾을 수 없을 거야." 내가 말했다.

"그래, 네 말이 맞아." 그녀가 말했다.

우리는 배 안으로 돌아갔고, 문이 닫혔고, 헬멧을 벗었다.

"시간이 좀 걸릴 것 같아." 그녀가 말했다.

"네," 내가 말했다.

그리고 침묵이 흘렀고, 우리는 주제에서 벗어났거나 어제 밤 이후로 제대로 말을 할 수 없었다고 말할 수 있습니다. 대화를 시작하고 싶었지만 용기가 나지 않았다.

"나는..." 제가 말했어요.

"나는..." 그녀는 말했다.

"어서요." 내가 말했다.

"아뇨, 제발 가세요." 그녀가 말했다.

"그래, 그럼, 어젯밤쯤에, 나는.."

"걱정 마, 우리 둘 다의 이익에 부합하는 일이었어. 신경 쓰지 마, 제발," 그녀가 말했다.

"그러니까 네가 한 말이 다 사실이었단 말이냐?" 라고 물었다.

"음.." 그녀는 말했다.

"대답해 주세요." 내가 말했다.

"네."

"고맙습니다."

우리는 평범하게 대화를 시작했고, 모든 것이 정리되었다.

누군가 나를 진심으로 사랑한다는 것을 알게 되어 기뻤고, 이것은 나에게 한 번도 일어나지 않았던 일이었고, 이렇게 성숙하고 예쁜 여자가 패배자인 나와 사랑에 빠질 것이라고 생각하지 못했던 기적 같았고, 모든 것이 꿈 같았습니다.

"꿈아, 이것도 여느 때처럼 꿈이야?" 혼잣말을 하기 시작했는데, 세상이 돌아가는 것 같았어요. 그러다 잠에서 깼다.

"이것도 다 꿈이었나?" 내가 생각하고 있을 때, 나는 그녀가 바로 내 옆에 앉아 있는 것을 보았다.

"모든 게 진짜야, 바보야. 꿈은 아무것도 없습니다."

나는 하나님께 감사드리며 어머니를 꼭 껴안았습니다. 우리가 포옹하고 있을 때, 우리는 폭풍이 지나갔고, 이제 환경이 맑아졌으며, 우리는 이제 우리의 임무를 계속할 수 있다는 것을 알았다.

챕터 9

다시 한 번 문이 열렸고, 우리는 헬멧을 쓰고 밖으로 나갔다. 바람은 여전히 불었지만 대기는 맑았다. 우리는 먼저 지구 전체를 스캔하여 안전한 경로와 같은 지도를 만들고 인구 통계 데이터를 제공했습니다. 우리는 그 데이터에서 뭔가 이상한 것을 발견했다: 그것은 그곳에 존재하는 생물학적 존재의 징후를 보여주었다.

"어떻게 이런 일이 가능할까요?" 제가 말했어요.

"참 이상하네요. 이 행성이 아직 발견되지 않았기 때문에 어떤 인간도 이 행성에 도달한 적이 없다"고 그녀는 말했다.

"잠깐만요." 내가 말했다.

"무슨 일이야?"

"화성에서 온 외계인이 왜 우리에게 살아서 돌아오라고 말하는 거지? 우리를 죽일 수 있는 외계인이나 종족이 더 있을까?" 제가 말했어요.

"우린 아직 그걸 모르는데, 왜 이 행성은 모두에게 비밀로 유지되는 거지?"

모든 것이 이상했다. 우리는 질문에 대한 답을 얻지 못했지만, 계속해서 더 빨리 움직였고, 마침내 수색은 동굴에 대한 신호를 포착했다. 반물질이 발견되었고, 그 행성에서는 다른 것이 발견되지 않았다. 반물질이 행성에 존재한다는 것은 이상한 일이다. 우리는 그것이 유물 일 수도 있고 거기에 갈 수있는 힌트 일 수도 있다고 생각했습니다.

"거기로 갑시다." 그녀는 그것이 우리가 찾던 것임을 알고 있다는 듯이 자신 있게 말했다. 나는 동의하고 경로 시간을 확인했다. 그곳은 지구의 반대편에 있었고 걸어서 여행하는 데 20 일이 걸릴 예정이었습니다. 우리 함선의 속도가 너무 빨라서 행성에서 사용할 수 없었습니다. 그것은 우주를 날기 위해서만 만들어졌습니다. 우리는 배에서 음식, 가방, 밤에 야영할 물건, 여분의 산소 탱크를 챙겨 여행을 시작했습니다. 눈은 매우 가혹했고, 우리의 발자국은 땅에 찍혔습니다. 우리는 피곤했기 때문에 첫날에 단지 20km 를 여행했습니다.

"밤이 다가오고 있으니 야영할 곳을 찾아보자고, 여기에 어떤 존재가 있는지 모르니까." 나는 말했다.

"아뇨, 우린 계속 갈 거예요." 그녀가 말했다.

"아뇨, 우린 야영하러 갈 거예요."

우리는 이 주제에 대해 논쟁을 벌였고, 그녀는 결국 캠핑을 가기로 동의했다. 나는 그녀가 과거처럼 이상하게 행동하는 데 무엇이 들어갔는지 확신할 수 없었다. 그녀는 나에게 명령을 내리고 우리의 안전을 걱정하는 사람이었다. 반면에 나는 무모했다. 나도 그녀의 갑작스런 변화에 나쁜 감정이 들었지만 이제는 캠프를 떠나기로 결정했다. 우리는 그녀가 임시

주택을 짓는 데 가지고 있던 기술 CD 를 사용했는데, 그 집에도 산소가 있었기 때문에 우리는 우주복을 벗고 옷을 입었습니다. 그 집은 밀폐되어 있어서 분위기가 우리에게 해를 끼칠 수 없었습니다. 햇빛이 어떻게 여기에 도달하는지에는 이상한 점이 있었습니다. 우리가 낮과 밤을 어떻게든 알 수 있는 것은 조금밖에 없지만, 태양이 우리에게서 너무 멀리 떨어져 있어서 그것은 이상한 일이었습니다.

어쩐지 인공 햇빛이 만들어지거나 우리를 향해 반사된 것 같았습니다.

우리는 가져온 음식을 먹고 같은 방에서 잠을 잤습니다. 우리는 서로 껴안고 잤다. 그녀의 따뜻함이 느껴집니다. 다음 날, 우리는 일어나서 우주복을 입고 집을 분해하고 다시 여행을 시작했습니다.

하루하루가 똑같았다. 우리는 여행하고, 음식을 먹고, 캠핑을 한 다음 다시 시작했습니다. 지금은 이상하게 행동하지 않았지만 12 일째

되는 날, 우리는 여행 중이었고 피곤했기 때문에 에너지를 회복하기 위해 캠핑을 하기로 결정했습니다.

잠자리에 들었을 때 집이 흔들리면서 지진이 오는 것 같았습니다. 저는 일어나서 밖으로 나갔고, 제가 본 것은 저를 겁에 질리게 했습니다, 저기 거인들이 있었어요, 그래서 저는 안으로 들어와서 그녀를 깨웠습니다.

"이봐, 일어나."

"무슨 일이야?"

"저기 거인들이 있잖아."

"뭐야 씨발 취했어?" 그녀는 말했다.

"아뇨, 그냥 일어나서 직접 보세요."

그녀는 잠에서 깨어나 침대에서 일어나 그들을 보았다. 그들은 보통 사람의 세 배의 키였고 벌거벗은 상태였다. 역사적으로 우리는 인간이 태어나기 전에 공룡이 혜성에 의해 죽은 사건 이후 지구에 거인이 살았다는 소문이 있다는 것을 알고 있습니다. 우리는 여기서 거인을 보게 될 것이라고는 전혀 생각하지 못했고, 그들은 우리를 보고 있었습니다. 그들은 큰 망치를 가지고 있었습니다.

그중 한 마리가 죽이는 본능을 가지고 우리를 향해 다가오기 시작했고, 우리는 더 이상 생각하지 않고 도망쳤다.

우리의 식품과 다른 물건들은 그 거인들의 발에 의해 파괴되거나 박살났습니다. 지옥 같았다.

갑자기, 우리는 정글에서 불을 보았습니다. 눈과 차가운 바람이 뜨거운 불로 변했습니다.

우리가 달릴 수 있는 곳은 더 이상 없었고, 우리의 우주선도 매우 멀리 떨어져 있었고, 우리는 그곳에 도착하지 못할 것이고, 그 유물의 다른 방향은 그 거인들로 가득 차 있었고, 우리는 우리가 남긴 무기를 발사하려고 시도했지만 그 거인들은 아무런 효과를 발휘하지 못했습니다.

우리는 그들을 위해 파리입니다. 도망칠 방법이 없었기 때문입니다. 우리는 우주선 추락 당시 활성화된 전력과 싸워 확인하기로 결정했습니다. 나는 더 많은 무기를 만들었다. 나는 이런 힘을 가지고 있었지만 모든 것에는 한계가 있고 훈련을 통해 성장하기 때문에 그것으로 큰 무기나 완전히 새로운 우주선을 만들 수 없었고 그녀는 염력을 사용하여 그들에게 나무를 던지기 시작했습니다.

아무 것도 효과가 없었습니다. 우리의 고급 기술 총이나 나무는 그들에게 아무것도 아니었고, 그녀에게는 자신의 힘으로 그 거대한 거인을 움직일 수 있는 충분한 체력이나 힘이 없었습니다. 마치 그 거인들이 불멸의 존재인 것 같았다. 그들은 우리로부터 어떤 피해도 입지 않았습니다. 마치 우리가 본 모든 존재 중에서 가장 강력한 존재인 것 같았다. 더 강력한 총을 만들려고 했지만 머리가 아프기 시작하더니 갑자기 뇌졸중을 일으켜 땅에 쓰러졌습니다. 그녀도 한계에 부딪혔다.

갑자기 그 거인이 우리에게 큰 돌을 던졌고 그것은 우리를 막 때리려고 했습니다. 갑자기 무슨 일이 일어났고 우리는 그 거인들을 지나쳤고 우리의 지도는 우리가 하루 안에 목적지에 도착할 것임을 보여주었습니다.

이것이 제 아버지가 가졌던 힘이었고, 이제 제 안에서도 활성화되어 저를 다른 차원으로 여행하게 만들었습니다.

우리는 그들로부터 벗어난 후에 구원을 받았습니다. 나는 다시 기절했고, 그녀는 그녀의 마지막 집이 될 집을 만들었다. 생필품은 바닥났고, 음식도 없었으며, 우리는 지쳐 있었습니다. 우리 둘 다 부상을 입었고 의료품은 없었습니다. 우리는 출혈을 멈추기 위해 우리 옷 조각을 사용했습니다.

그날 밤이 끝나고 우리는 잠에서 깨어났다. 여행 시간이 23 시간으로 줄어든 것은 좋았지만, 나쁜 점은 어제의 사건 이후 우리 둘 다 더 이상 걸을 에너지가 없었기 때문에 회복을 위해 한동안 여기에 머물기로 결정했습니다. 우리는 둘 다 배가 고팠지만 음식이 없었고 거기에서 찾을 수 있을지 몰랐습니다. 그래서 여기에 머무르는 우리의 선택은 불가능했습니다. 우리는 목표에 도달하기 위해 가능한 한 빨리 움직여야 합니다. 나는 이 세상에서 무엇이든 창조하거나 삭제할 수 있는 힘을 가지고 있었지만, 한계가 있었고 내가 받은 훈련의 양으로도 음식을 창조하는 것은 불가능했다. 그리고 자연이 우리에게 준 것을 만들 수 없어요.

그래서 우리는 일어나서 걷기 시작했습니다. 30분 동안 걷다가 바닥에 넘어졌는데 다행히 눈 위에 넘어졌고 우리는 슈트를 입고 있어서 다치지 않았습니다.

이 임무를 중단하고 우리 우주선으로 돌아가거나 소환하려고 생각했지만, 문제는 우리가 반경 내에 있지 않았고 그 공격 때문에 우주선이 괜찮은지 아닌지조차 알 수 없었다는 것입니다. 시도했는데 소환되면 연료가 많이 남지 않았기 때문에 작업이 완료된 후 다시 소환할 수 없습니다. 우리의 연료는 그 충돌로부터 우리 자신을 구하는 데 사용되었습니다.

나는 그녀를 일으켜 세우고 다시 걷기 시작했다. 나는 거의 6시간 동안 계속 걸었고 이제는 더 이상 걸을 에너지가 없었기 때문에 머물기로 결정했습니다. 나는 정글인 곳에 머물렀는데, 그녀가 깨어나서 무슨 일이 있었는지, 우리는 어디에 있는지 물었다.

나는 그녀에게 그녀가 땅에 쓰러졌다고 말했고, 그래서 당신을 여기로 데려왔습니다.

"고맙고, 폐를 끼쳐서 미안하다"고 그녀는 말했다.

"아뇨, 아무것도 아니에요. 그것이 우리가 서로를 지원하는 방식입니다"라고 나는 말했다.

"네."

"그럼 이제 뭘 해야 하지?"

"한 시간 동안 쉬었다가 다시 걷기 시작해야 합니다. 그렇지 않으면 우리 몸이 해낼 수 없을 거야."

"그래, 네 말이 맞아."

우리는 그곳에서 잠시 쉬었다가 다시 걷기 시작했고, 마침내 반물질 신호가 나오는 동굴에 도착했다. 안으로 들어갔을 때, 거대한 바람이 불어왔다. 마치 바람이 불어오는 것 같았다.

에이바의 우주복이 뚫리고 나는 그녀의 손이 돌로 변하기 시작하는 이상한 것을 보았는데, 아마도 이 행성의 대기가 이와 같아서 인간이 돌로 변하는 것일 수도 있습니다.

그녀의 다리는 아직 돌이 아니었고, 그녀는 그 동굴을 향해 달리기 시작했다. 나는 그녀에게 멈추라고 말하면서 뒤에서 달리기 시작했지만, 그녀는 우리가 그 특정 장소에 도착할 때까지 멈추지 않고 계속 달렸습니다. 그곳에는 불이 켜져 있었고, 거기에는 인공물, 그 에너지, 그 반물질이 있었습니다.

마치 자신이 무엇을 하고 있는지, 어디로 가야 하는지 알고 있는 것 같았고, 마치 미래를 보는 것 같았다.

그녀는 멈춰 서서 나에게 얼굴을 돌리며 "모든 것에 감사합니다"라고 말하더니 갑자기 그녀의 몸이 돌로 변해 사라졌습니다.

거기에 놓인 인공물 에너지가 나를 향해 와서 내 안으로 들어갔다. 나는 실제로 일어난 일처럼 충격과 충격을 받았다. 무슨 일이 있었는지, 어디로 갔는지, 왜 지금 나에게 고맙다고 했는지조차 기억나지 않을 정도로 모든 일이 순식간에 일어났다. 나는 많은 질문을 가지고 있었지만 그 질문에 대답 할 사람이 없었습니다. 눈물이 나고 많이 울어요. 마침내 나는 나와 같은 사람을 진정으로 사랑하는 사람을 찾았고, 그런 일이 일어났다.

어떻게 하면 좋을지 몰라서 그대로 그대로 있었습니다. 갑자기, 한 빛이 내 위로 들어왔다.

"나는 어디에 있는가?"

"나는 누구인가?"

"여긴 뭐야?"

나는 네 가지 물건을 넣을 수 있는 공간이 있는 크고 거대한 문을 보았고, 그 네 가지가 내가 가지고 있는 유물이라는 것을 기억했다. 그 유물들은 나를 떠나 문으로 가서 그 빈 공간을 채웠다. 문이 열리고 나는 들어갔다.

챕터 10

그곳은 내가 전에 보았던 것들과는 달랐다. 그곳은 하늘도 없고, 바닥도 없고, 벽도 없고, 아무것도 없는 새하얀 곳이었는데, 마치 내가 우주의 무한 속에 있는 것 같았다. 이 느낌은 이상했다. 나는 시계가 작동하는 것을 보았고, 거대한 시계를 보았고, 소리는 똑딱 거리고있었습니다. 진드기.. 진드기... 그리고 서서히 사라져 간다. 나는 나의 과거의 순간들을 보았다. 나는 미래를 보았다. 달은 사라졌고, 지구의 멸망이 일어났다. 우리 태양계 내부에 블랙홀이 형성되어 모든 것을 계속 빨아들였습니다. 우리 행성은 몇 초 만에 파괴되어 아무것도 아닌 것으로 변했습니다.

나는 나에게 결코 일어나지 않았던 순간들을 보았고, 나는 내 짝사랑과 함께 있었고, 그녀는 내 손을 잡고 있었고, 우리는 결혼했고 아이도 있었다.

부모님은 아직 젊으시고, 늙지 않으시고, 친구는 여전히 제 곁에서 모든 어려운 상황에서 저를 도와주십니다.

그때 나는 그녀를 보았다. 그녀는 아름다워 보였다 .. 그녀의 미소는 아름다웠지만 뭔가 이상했다. 그녀는 점점 더 내게서 멀어졌고, 천천히 내 손을 떠나 점점 더 멀어졌다. 나는 계속 그녀에게 그만두라고 말했지만 그녀는 듣지 않았습니다.

다시 한 번 그녀는 "모든 것에 감사합니다"라고 말했지만 그녀는 돌로 변해 사라졌습니다. 내가 원했던 일들이 일어나지 않는 것 같았지만, 어떤 일들은 내게서 멀리 사라져 버리는 것 같았고, 나는 그 일들을 영원히 내 곁에 두고 싶었다. 감정이 북받쳐 올랐다. 때로는 슬펐고, 때로는 기뻤고, 때로는 화가 났다.

더 이상 감정을 통제할 수 없었다. 나는 비명을 지르고 있었다. 고통에 비명을 지른다. 내가 원하지 않는 일이 일어나고 있었다. 나를 부르는 목소리가 들렸다. 갑자기, 모든 것이 멈췄고, 내 아래에 있는 거대한 시계를 보았을 때, 그것은 마치 시간이 멈춘 것처럼 멈췄다.

"창조의 땅에 오신 것을 환영합니다. 넌 여기서 가장 먼저 링의 끝에 도달한 사람이야."

뒤를 돌아보니 한 남자가 서 있었다. 그의 얼굴은 맑지 않았다. 나는 그의 외모를 설명 할 수 없다. 마치 무한의 공간에 합쳐진 것 같았다.

"나는 어디에 있는가? 넌 누구냐?" 라고 물었다. "나는 창조주의 행성인 시작이며, 내가 바로 그 창조자이다. 나는 너희의 세계를 통제한다. 지구에서 일어나는 모든 것을 여기에서 볼 수 있다: 당신의 기억, 과거, 미래, 모든 것이 여기에서 결정된다. 나는 너에게 일어난 모든 것을 알고 있다. 나는 다른 평행 우주에서 너에게 일어나는 모든 일, 너의 인생 후반부에 일어날 일들을 알고 있어."

"그럼 왜 죽었는지 말해봐. 그녀는 무슨 일을 했길래 그런 일을 당했을까? 말씀해 보세요. 모든 것이 결정되었다면, 왜 내가 사랑하는 사람들을 내게서 빼앗아 갔는가? 나한테 설명해 봐!" 나는 소리쳤다.

"그것이 바로 창조주께서 너를 위해 선택하신 길이다."

"길이요? 널 죽여버리겠어!" 나는 소리쳤다.

"나를 시험해 봐."

나는 그를 때리려고 했고, 내 손은 마치 그나 내가 이 세상에 존재하지 않는 것처럼 그의 몸을 통과하고 있었다. 나는 그를 때릴 수 없었고, 울기 시작했다.

"울지 마세요. 당신이 여기에 온 첫 번째 사람이기 때문에 나를 슬프게 할 것입니다. 이야기를 들려주겠다"고 말했다.

"닥쳐. 당신의 그 이야기는 듣고 싶지 않아요." 나는 말했다.

"글쎄요, 하지만 제가 말해 줄 테니까 잘 들어요."

그는 소리쳤고 나는 우주에 갇혔다. 그가 합쳐지고 있던 것이 나를 붙잡았고, 이제 나는 내 손이나 몸을 움직일 수 없었고 그는 그의 이야기를 하기 시작했습니다.

그럼 시작하겠습니다. 그 꿈들은 우리가 당신에게 준 것입니다. 달이 더 멀리 간다는 이야기는 가짜였다. 그것은 창조자인 우리에 의해 만들어졌습니다. 이유가 주어지고 실험에 참여할 수 있도록 만들어졌습니다. 그 실험으로 여러분의 힘을 깨우는 것이 필요했습니다, 왜냐하면 그 힘이 깨어나지 않는다면, 우리는 여러분을 여기로 데려올 수 없습니다. 모든 사건은 연결되어 있었다.

당신의 가장 친한 친구는 당신의 짝사랑과 함께 당신을 배신하고, 당신과 함께 임무를 수행할 사람들을 선택하고, 외계인에게 납치당했습니다. 모든 것이 계획되어 있었다.

당신의 가장 친한 친구가 당신을 배신했고, 그것은 당신이 자신을 생각하게 만들었고, 그것이 당신이 어떻게든 자신을 단련하고, 강해지고, 유물을 얻는 부분으로 이어졌습니다.

그 실험을 겪으면서 우리에게 열쇠를 가진 어떤 행성으로 들어가고 있습니다. 그건 사실이 아니야, 우리가 원한다면 언제든지 너를 여기로 데려올 수 있었어, 하지만 그 실험은 너의 힘을 깨우고, 너에게 더 많은 힘을 줬어. 네가 이 문에 들어서자마자 충분히 강하지 않았다면, 여기에 오는 것이 쉽지 않다는 것을 볼 수 있어.

너희의 몸은 작은 원자 조각들로 산산조각이 날 것이다. 우리가 그 시스템을 만들지 않았기 때문에 우리가 원하지 않았던 유일한 것은 그것이었습니다. 그것은 상위 존재에 의해 창조되었습니다.

그녀에 관해서는, 그녀는 우리 몸 속의 바이러스 같았다. 우리는 그녀가 어디서 왔는지 몰랐기 때문에 당신을 데려갔습니다.

모든 것이 순조롭게 진행되고 있었고 그녀는 모든 것을 바꿨습니다. 우리는 그녀가 어떻게 이곳에 와서 항상 당신과 함께 있었는지 모릅니다. 우리에 따르면, 그녀가 만든 이야기는 가짜였고, 그녀와 함께 서 있던 모든 사람들이 바뀌었다고 한다. 그녀는 그것들을 바꾸어 놓았다. 그녀의 계획은 줄곧 너를 변화시키고 구하는 것이었지만, 그녀에게는 이유가 없었다. 당신이 그 실험에서 구출되었을 때, 그리고 나중에 당신이 여전히 그 안에 있다는 것을 깨달았을 때, 그것은 단지 우리의 실수를 고치는 방법이었습니다. 우리는 우주를 바꾸었고 그녀의 정신에 가짜 기억을 심어주었다. 그것이 가장 어려운 일이었는데, 그는 너희를 다시 데려왔다. 실험은 성공적이었다. 당신의 힘은 활성화되었지만, 그녀의 힘은 또한 가장 나쁜 부분이었습니다. 갑자기 모든 것이 통제 불능 상태가 되기 시작했습니다. 당신이 훈련을 받는 것은 우리 계획의 일부가 아니었습니다. 우리는 당신이 그 힘을 통제하는 것을 원하지 않았습니다. 우리는 그 힘을 우리 자신이 바깥쪽 고리와 끝 고리 사이의 공허에 도달하기를 원했습니다. 우리는 어떻게든 당신에게 매력을 느끼는 유물들도 가져와야 했습니다. 그것들은 우주와 공허 사이의 핵심이었다. 무(無) 사이에 존재하는 장소. 그녀는 우리의 에너지와 힘을 낭비했습니다.

우리는 그녀를 지울 수밖에 없었지만, 그녀가 자살할 때까지 그런 일은 일어나지 않았다. 그래서 우리는 9번째 행성을 만들고 몇몇 사람들에게만 이 정보를 주어 그곳에 도달하는 것이 쉽지 않다고 느끼도록 했습니다.

"모든 것이 순조롭게 진행되고 있다고 생각한 적이 있습니까, 어떻게 그 책과 그 행성을 찾았습니까? 그녀가 왜 당신을 위해 자살했는지 알고 싶습니까? 그녀는 이미 무슨 일이 일어나고 있는지 알고 있었다."

"무슨 말씀이세요?"

"드디어, 네가 말했어. 보시다시피 그 책은 모든 것이 쓰여졌지만, 그것은 우리가 썼습니다. 어쩌다 보니 벌레가 들어와서 책을 바꾸고, 언어도 바꾸어 그녀만 읽을 수 있게 만들었어요.

*미래*라는 책에서, 그녀가 자신을 희생하지 않으면 당신은 그 행성에서 죽게 될 것이라고 쓰여 있었습니다.

글쎄요, 그 벌레도 우리가 그녀가 자살할 수 있도록 만든 것입니다. 한 가지 더: 그 마지막 유물이 어디서 왔는지 모르십니까? 그녀는 유물이었다. 우리는 그녀가 어떻게 그 유물이 되었는지 몰랐지만, 우리는 그것이 필요했기 때문에 결국 그녀는 당신을 구하기 위해 자신을 희생했고 우리에게 자신을 내어주었습니다."

"그래서 그녀는 모든 것을 알고 있었어요. 그래서 그녀는 저번에 나에게 뭔가를 숨기는 것처럼 다르게 행동하고 있었다"고 나는 말했다.

"이제 실제로 무슨 일이 일어났는지 알 수 있습니다." 그가 말했다.

"왜 나를 여기로 데려오려고 했어? 왜 그런 가짜 장면을 만드는 데 그 모든 어려움을 겪어야 합니까?"

"당신은 알고 싶어합니다, 좋아, 내가 말해 줄게, 하지만 당신의 세계에 대한 몇 가지 진실부터 시작하겠습니다. 당신은 삭제될 것입니다. 이것은 우리에게 해를 끼치지 않을 것입니다. 이 세상은 당신이 생각하는 그런 세상이 아닙니다. 사람들이 모르는 것이 있습니다. 사람들은 우주로 여행하고 심지어 평행 차원으로 여행하고 제한적으로 시간을 제어할 수 있는 첨단 기술을 가지고 있습니다. 이 세계, 아니 우주라고 할 수 있는 이 세계는 아무도 상상할 수 없는 다른 구조를 가지고 있습니다.

나는 당신이 누군가로부터 이것에 대해 들었을 것이라고 확신합니다. 이 세상에는 고리가 있습니다 - 만약 당신이 우주로 간다면, 당신은 내면의 고리 안에 있는 것입니다. 이 모든 것에는 내부 고리, 외부 고리 및 끝 고리의 세 가지 고리가 있습니다. 인간과 생물학적이거나 어떤 종류의 생물학적 특성을 가진 다른 생명체는 내부 고리에 살고 있습니다. 내부 링은 기술의 링입니다. 모든 것은 기술을 사용하여 여기에서 개발됩니다. 다른 종의 예를 들어 설명할 수 없으니 인간을 예로 들어 보겠습니다. 우리는 옛날 사람들이 마술을 가지고 있었지만 그것은 마술이 아니었다는 것을 알고 있습니다. 그것은 항상 기술이었습니다. 2070년대 후반에 사람들이 이룬 것들은 이미 그 이전에도 이뤄졌다. 사람들이 이것을 달성했을 때, 그들은 잘못된 길로 들어섰고 우리는 그것을 청소해야 했습니다. 악은 반지 사이의 균형을 깨뜨릴 수 있는 유일한 요소입니다. 우리는 이것을 멈추고 싶었기 때문에 이 기술에 대한 모든 문명과 그들의 기록을 삭제했습니다. 우리는 그것이 일어날 것이라는 것을 미리 알고 있었지만, 그것이 일어나기 전까지는 그것을 청소할 수 없으며, 이제 사람들이 다시 그 단계에 도달하고 있을 때, 어떤 세계에서는 악이 줄어들었지만 일부는 여전히 그것을 가지고 있습니다. 가장 중요한 것은 모든 것이 기술을 통해 발전하고 모든 사람이 생물학적이라는 것입니다. 바깥 고리는 생물학적이지 않은 다른 모든 존재가 사는 고리입니다. 그것들은 빛, 로봇, 허공 등 만나기 전에는 설명할 수 없는 것들일 수 있습니다. 그런 사람들은 그들이 타고난 내면의 힘을 사용하여 발전합니다. 우리가 모르는 것은 끝뿐입니다. 어쩌다 그런 일이 벌어졌는지는 알 수 없지만, 변칙 현상이 나타났고, 네가 어렸을 때 외륜 존재가 가진 힘이 너에게 나타났고, 그것은 우리에게 해를 끼칠 수 있다. 우리가 너를 이곳에 데려온 유일한 이유는 모두의 안전을 위해 너의 힘을 얻어 균형이 깨지지 않도록 하기 위함인데, 그 여자가 어디선가 나타나 우리의 계획을 파괴했어. 그러기 위해서는 널 죽여야 해. 먹고, 마시고, 일하고, 다른 일을 하지 않으면 살아남을 수 없다고 생각한 적이 있습니까? 이것은 우리가 정한 규칙입니다. 시간도 우리가 정해 놓았고, 당신은 그것을 피할 수 없습니다. 이 정도면 됐어. 더 이상 시간을 낭비하지 맙시다.

"죽고 싶지 않아요."

"누가 널 구해줄까, 하?"

"어쩌면 당신도 이 차원에서 온 것이 아닐지도 모릅니다. 어쩌면 당신도 이것에 갇혀 있을 것입니다. 당신은 내부 링을 제어할 책임이 있습니다. 당신은 전에 말했듯이 "상위 존재"를 무시할 수 없습니다. 어쩌면 누군가 우리 세상을 통제하기 위해 당신을 만들었을지도 모릅니다. 어쩌면 나는 진짜일 수도 있고, 너는 진짜가 아닐 수도 있다. 어쩌면 내가 더 높은 존재일지도 모른다. "나는 내 힘을 사용하여 사물을 바꾸고 나에게 좋은 것으로 만들 준비를 하면서 이런 이상한 말을 하기 시작했습니다.

"아뇨, 저는 진짜입니다. 아무도 나를 통제할 수 없다. 나는 내 의지로 너를 이곳에 데려왔다. 닥쳐"

"어떻게 알 수 있지? 어쩌면 언젠가 너는 내 입장이 되어볼 수 있는 곳에 도달하게 될지도 모르고, 적어도 더 높은 존재가 있다는 것을 알게 될 거야."

"나는 진짜다. 상층부는 소문일 뿐이다."

"나는 진짜다. 나는 진짜야, 나는 진짜야, 나는 진짜야."

그는 계속 그렇게 말했고 고장이 나기 시작했고 나는 그의 몸에서 무언가가 나오는 것을 보았습니다, 인간이 그의 몸에서 나왔지만 그는 또한 사라지고 있었습니다.

제대로 보니 사진으로만 보던 아버지를 닮았다. 어떻게, 무슨 일이 일어나고 있습니까? 이제 내 뇌는 뇌를 가지고 있지 않았다.

"아들아, 내가 너의 아버지야. 내 힘 때문에 미안하다. 그 결과를 감수해야 했다"고 말했다.

"하지만 아버지가 돌아가셨어요."

"아뇨, 여기 있어요. 내게로 오라. 이 세상을 떠나 엄마와 함께 새로운 삶을 시작하자."

"아버지, 당신은 진짜입니다.."

"네,"

"저도 같이 가도 될까요?"

"네, 저와 함께 가셔도 됩니다. 내 손을 잡아라."

그에게 다가가 손을 잡으려고 했을 때, 나는 그녀를 기억하고 멈춰 섰다.

"그녀를 만나고 싶어요."

"누가?"

"아바"

"그녀는 진짜가 아니었다. 우리는 그녀에 대해, 그녀가 어디에서 왔는지에 대해 아무것도 모릅니다. 너는 그들에게 죽임을 당할 것이다. 우린 널 구해야 해."

"아뇨, 사랑해요, 아빠. 구해줘서 고맙지만, 아직도 가고 싶지 않아요. 그녀를 만나고 싶고, 감사하고 싶고, 사랑하고 싶어요."

"그 여자가 너한테 무슨 짓을 한 거야?!"

그는 소리쳤고, 그의 목소리는 위험해지기 시작했고, 나는 그가 나를 겨누고 있는 검을 보았다. 마치 나를 죽이려는 것 같았다. 그 사람은 내 아버지가 아니다. 그의 몸은 다시 고장을 일으키고 있었고, 그 부드러운 목소리가 돌아와 나에게 시간이 많지 않다고 말했다. 그녀와 함께 있고 싶은지 여부는 당신에게 달려 있습니다. 그것이 당신의 소원이라면 리셋 버튼을 만들어 누르지만 위험이 있습니다. 어쩌면 이 초기화로 이 반지가 지워질 수도 있고, 당신이 죽을 수도 있습니다. 그래도 그녀를 위해 목숨을 걸 의향이 있다면, 지금이 바로 그 때입니다. 이 버튼은 당신을 과거로 보낼 것입니다. 그녀를 다시 찾아야 합니다. 당신이 가진 변경 능력은 그에 따라 상황을 변경할 수 있는 몇 분의 시간을 변경할 수도 있습니다. 당신은 모든 것을 바로잡고, 사람들의 선택을 바꾸고, 전쟁을 멈추고, 지구에 옳다고 생각하는 일을 하고, 모두를 구해야 합니다. 오직 당신만이 당신의 차원과 당신 안에 창조된 다른 차원들, 또는 어쩌면 이미 존재했고 당신과 연결된 것들에 대해 이것을 할 수 있다. 아무도 모른다. 리셋 후에는 당신의 존재도 리셋될 것입니다. 당신이 만나고 추억을 만든 모든 사람들이 사라질 것입니다.

"설마 그런 일이 일어나게 놔둘 순 없어." 목소리가 돌아왔고, 그는 다시 내륜의 창조자로 나타났다.

그는 자신의 힘으로 나를 묶으려 했지만, 나는 그것들을 지워버렸다. 드디어 그 힘을 사용하는 방법을 깨달았기 때문에 리셋 버튼을 만들어 눌렀습니다. 모든 것이 암흑으로 변했고, 어둠이 내려앉았다. 내가 모르는 무언가 속으로 빨려 들어가는 느낌이 들었다. 갑자기 실타래와 작은 아이가 보였고, 그녀는 나에게 그녀의 손을 잡기를 원했고, 나는 그렇게 했다.

나는 잠에서 깨어났다.

"그게 다 꿈이었을까, 큰 꿈이었을까? 잠깐만요, 여긴 제 집이 아니에요. 나는 어디에 있는가?"

나는 내 옆에 누군가가 앉아있는 것을 보았고 그녀는 내 꿈의 누군가에게 매우 친숙하게 보였고 그녀는 Ava 였습니다.

"도대체 무슨 일이 있었던 걸까요? 그게 정말 꿈이었을까?"

"아니, 모든 것이 사실이었다."

"무슨 말씀이세요?"

"내가 말해 줄게."

그녀는 일어난 모든 일을 설명했다. 그녀가 자신을 희생했을 때 한 소년이 나타나 그녀를 구해주고 그녀를 배로 돌려보냈다고 말했다. 그녀는 그가 실제로 누구인지 정확히 기억하지 못했지만, 그는 어린아이였다. 꿈에서 본 그 소녀는 우리 우주를 연결하는 길이 되었고, 우리는 이렇게 다시 만났다. 그로부터 2년이 지났습니다. 나는 2년 동안 혼수상태에 빠져 있었다. 리셋 버튼을 클릭했을 때 내가 생각한 대로 상황이 바뀌었다. 그 후 모든 것이 바뀌었습니다. 우리의 우주는 충돌하여 하나가 되었고, 그 평행 우주들, 우리의 선택의 가지들이 하나가 되었습니다. 자, 우리 둘 다 하나의 우주에서 왔습니다.

그 이유는 이곳에서는 선택의 폭이 달라졌고 1차 대전 이후 전쟁이 멈췄기 때문이다. 갑자기 사람들은 그 결과를 알게 되었고, 그들은 전쟁이 그들을 돕지 않을 것임을 알았고, 그래서 그들은 연합하여 지구 정부를 형성했습니다. 이 세계에서 우리는 이제 다른 세계와 연결되어 은하계 여행이 가능합니다. 사람들은 전쟁으로 인해 죽는 사람이 없다는 사실에 행복해합니다.

만약 내가 창조주의 행성에 가지 않았다면, 나는 나 역시 어둠 속에서 살고 있다는 것을 알지 못했을 것이다. 이 우주는 이상하고 답이 없는 것들이 있습니다. 모든 것이 이상하지만 놓아주세요. 우리의 삶은 제한되어 있습니다. 마음껏 즐깁시다. 그녀가 말한 선물은 우리의 딸이었고, 그것은 우리가 연결되는 수단이 되었고 우리가 헤어지는 것을 막아주었다.

2년 동안 병원에 입원했고, 깨어난 지 2년 만에 마침내 퇴원하여 집으로 돌아가 딸을 만났습니다. 생각보다 시간이 많이 흘렀다. 2년이 흘렀고, 나는 이제 스물두 살이 되었다. 과거에 대한 기억은 희미해져 가고 있었다.

나는 어머니를 만나서 모든 것을 말했지만, 내가 거기에 있었기 때문에 그녀에게 무엇을 말해야할지 몰랐기 때문에 대신 그녀에게 이것을 말했다.

"엄마, 저는 예쁘고 마음씨 착한 여자와 결혼해요."

그녀는 매우 기뻐하며 그녀와 내 여자 친구를 위해 만남을 주선해 달라고 요청했습니다. 우리는 장소를 예약하고 엄마와 함께 저녁을 먹으러 갔다. 그녀를 만나 이야기를 나누었을 때, 그녀는 자신이 원하는 대로 나를 돌봐 줄 수 있는 사람을 찾았다는 사실에 정말 기뻤다. 그녀는 우리에게 축복을 주었고, 우리는 이틀 후에 결혼식을 올렸다. 과학이 너무 멀리 왔고 우리는 다른 세계의 사람들과 함께 살고 있지만, 일부 의식은 항상 동일하게 유지될 것입니다. 나는 무대 구역에 서 있었다. 그녀는 웨딩 드레스를 입고 와서 아름답고 화려해 보였는데 말로 표현할 수 없습니다. 내가 기억하지 못하는 어딘가에 도달할 수 있도록 그 시간 내내 나를 지원해 준 그녀의 방식은 다른 어떤 것과도 같지 않았습니다. 나는 그녀와 함께 있어서 기뻤다. 나는 우리 가족으로 태어나서 행복했다. 나는 아버지가 누구인지, 어디서 왔는지 기억하지 못했고, 어머니도 아버지에 대해 이야기한 적도 없었다. 마침내, 그 여자가 왔고, 우리는 서로 앞에 섰다. 사제는 우리에게 기도를 해 주었습니다. 딸은 우리에게 달려왔고, 우리는 서로 입을 맞췄습니다. 우리의 순간은 평화롭게 끝났다. 하지만 저는 여전히 "스타피니티"에 대해 생각하고 있었습니다. 이 단어가 제 마음속에 떠올랐고, 저는 그것이 무엇에 관한 것인지 전혀 몰랐습니다. 나는 그녀에게로 초점을 바꾸었고 마음을 비웠다.

"끝났다고 생각했어?" 누군가 말했다.

후기

일 년이 지났고, 내 기억은 거의 희미해졌다. 나이 탓인지, 뭔가 이상한 일이 벌어지고 있는지도 몰랐다. 어느 날 밤 갑자기 우리가 잠을 자고 있었는데 잠이 깨졌고 나는 내 기억을 되살리는 무언가를 보았습니다.

저는 창조주의 세계를 보았고, 그 후 갑자기 저는 우주 속에 있게 되었습니다. 나는 몸을 움직일 수 없었다. 나는 그녀를 깨우고 싶었다. 그녀는 내 바로 옆에 누워 있었고, 내 손은 그녀에게 닿지 않았다. 그녀는 전보다 더 멀리 가고 있었고, 나는 반대 방향으로 가고 있었다. 갑자기, 나는 떠다니는 공간에 혼자 있었다. 나와 함께 있는 사람은 아무도 없었다. 양복을 입고 있지는 않았지만 숨을 쉬고 있었다. 모든 것이 이상했고, 나는 구조를 보았다. 나는 우주에 있는 행성들을 보았고, 그 다음에는 안쪽의 고리를 보았다. 그것은 아름다워 보였다. 모든 행성, 은하, 차원, 우주가 그 고리 안에 있었다. 위를 보니 안쪽 고리보다 더 큰 또 다른 고리가 보였다. 바깥쪽 고리라고 생각했지만 뭔가 이상했다. 고리가 안쪽 고리에 가까워지고 있었는데 갑자기 바깥쪽 고리가 안쪽 고리와 충돌했을 때 이상한 느낌이 들었습니다. 나는 큰 흔들림을 느꼈다.

나는 소리치며 잠에서 깼다.

"무슨 일이야?" 그녀는 말했다.

나는 그녀를 다시 잃을지도 모른다는 생각에 그녀를 껴안았고, 그런 다음 그 꿈에서 본 모든 것을 그녀에게 말했다. 흔들림은 진짜였다. 몇 초 전에 지진이 일어났다. 그것은 정말로 두 개의 고리가 충돌했다는 것을 의미하는가?

www.ingramcontent.com/pod-product-compliance
Lightning Source LLC
LaVergne TN
LVHW091720070526
838199LV00050B/2473